講談社文庫

すらすら読める枕草子

山口仲美

講談社

プロローグ

現代に蘇らせるには

『枕草子』は、三百近くの章段から成り立ったエッセイ集。この本では、そのうちの四十くらいの章段を選んで採り上げていきます。どんな採り上げ方をしたら、現代人にも「なるほど面白い」と思ってもらえるのでしょうか？

私は、『枕草子』を現在に生きる人々にも通用する魅力的なエッセイ集として蘇らせたいのです。そこで、まず、『枕草子』をエチケット集として読むことにしました。

エチケット集として

『枕草子』は、ふしぎなことに、見事な礼儀作法の書として読むことができるのです。たとえば、「にくきもの（＝癪《しゃく》に障るもの）」という章段に注目してみます。そこでは、いらいらしたり、気に入らなかったりする事柄が列挙されています。「急用があるのに、長話をする客」「寒い時に一人で暖房器具を独占している人」「周りの人間に知られたくない逢瀬《おうせ》なのに、目立つ音を立てたり、いびきをかいたりしてしまう男」などと。

列挙された事柄を裏返してみると、人として、あるいは男と女の間で、してはならないエチケットが説かれていると見ることができますね。急用がある人のところで長居をしてはいけないのです。寒い時には皆で分かち合って暖をとるべきなのです。人目を忍ぶ逢引《あいびき》では、目立つ音は厳禁です。同様に、「はづかしきもの」「にげなきもの（＝似つかわしくないもの）」といったマイナス面に焦点を合わせた章段で列挙された事柄は、すべて人として守るべきマナーや男と女のエチケットを説いていると見ることができてしまう。

逆に「心にくきもの（＝奥ゆかしいもの）」「めでたきもの」など褒《ほ》め称《たた》えるべきプラス事項を列挙してある章段では、こうすると好感度が上がるというマナー集として読むことができる。

鋭い観察眼から生まれた『枕草子』は、古今東西に通用する礼儀作法の書でもあったのです。こうした観点から『枕草子』をとりあげた著書は、まだ存在しません。ですから、新鮮に感じていただけるはずです。この本では、「Ⅰ 男と女のエチケット」「Ⅱ 人としてのマナー」の二部で、『枕草子』の魅力に迫ります。

感動する心

それから、何と言っても、『枕草子』は、感動を呼ぶ折々のことを綴った随想に特色があります。この本では「Ⅲ 感じる心」の部をつくり、「なんてステキな光景なの！」「もう、がっかりよ」「まあ、うれしい」「ああ、じれったい」「ドキッとしちゃう」などのテーマで、該当する章段を採り上げました。清少納言はどんな光景に感動し、どんな時に喜び、どんな時にドキッとしたのでしょうか？　その感性がわたしたちに共通していることが多いんですね。だから、共鳴できる。

こうして、この本は、現在にも通用する普遍的な側面に注目して『枕草子』を読んでみたものです。読み終わった後、きっと清少納言の率直な発言、鋭い感性や観察眼に魅了されていると思います。私も、彼女が大好きです。

では、早速、清少納言の発言に耳を傾けてみることにします。

目次

Ⅲ 感じる心

すらすら読める枕草子

一、本書に収録した本文は、『新編日本古典文学全集18　枕草子』（小学館）による。ただし、その他の諸本を参考にして、手を加えたところがある。

一、本文の漢字には、現代仮名遣いで振り仮名をつけた。

Ⅰ 男と女のエチケット

1　こういう男はかっこいい

一八二段　二七五段　七九段
一九〇段　三一段　八四段

好き好きしくて人かず見る人の（一八二段）

好《す》き好《ず》きしくて人《ひと》かず見《み》る人《ひと》の、夜《よる》はいづくにかありつらむ、暁《あかつき》に帰《かえ》りて、やがて起《お》きたる、ねぶたげなるけしきなれど、硯取《すずりと》り寄《よ》せて、墨《すみ》こまやかに押《お》し磨《す》りて、事《こと》なしび

もてる男

色好みで多くの女性とかかわりを持つ男が、夜はどこに泊まっていたのかしら、夜明け前に帰ってきて、そのまま起きている。眠たそうな様子だけれども、「後朝《きぬぎぬ》の文《ふみ》」を昨夜の女のところへ出すためね、硯《すずり》を引き寄せて、墨《すみ》をていねいに濃くすって、とおりいっぺんに筆にま

に、筆《ふで》にまかせてなどはあらず、心《こころ》とどめて書《か》くまひろげ姿《すがた》もをかしう見《み》ゆ。

白《しろ》き衣《きぬ》どもの上《うえ》に、山吹《やまぶき》、紅《くれない》などぞ着《き》たる。白《しろ》き単衣《ひとえ》の、いたうしぼみたるをうちまもりつつ書《か》き果《は》てて、前《まえ》なる人《ひと》にも取《と》らせず、わざと立《た》ちて、小舎人童《こどねりわらわ》、つきづきしき随《ずい》身《じん》など、近《ちこ》う呼《よ》び寄《よ》せてささめき取《と》らせて、いぬる後《のち》も久《ひさ》しうながめ

かせて書くといった態度ではなく、心をこめて手紙を書いている。そのくつろいでしどけない姿も、とってもステキ。

その男は白い着物を何枚も重ねた上に、山吹・紅梅などの上着を重ねて着ている。白い単衣《ひとえ》が、女のところで泣いた涙や帰る時の朝露で濡れてひどくしぼんでいるのをじっと何回も見つめたりしながら、女への手紙を書き終える。その手紙を、前に控えている人にも渡さず、わざわざ立って、小舎人童《こどねりわらわ》とか、こんな場合にふさわしいお付きの者などを、近くに呼び寄せて、届け先をひそひそとささやいて渡す。使いが去った後も、しばらく物思いにふけってじっと庭などを見つ

て、経《きよう》などのさるべき所々《ところどころ》、しのびやかに口《くち》ずさびによみゐたるに、奥《おく》の方《かた》に御粥《おんかゆ》、手水《ちようず》などしてそのかせば、歩《あゆ》み入《い》りても、文机《ふづくえ》に押《お》しかかりて文《ふみ》などをぞ見《み》る。おもしろかりける所《ところ》は、高《たこ》ううち誦《ず》したるも、いとをかし。

手《て》洗《あら》ひて、直衣《のうし》ばかりうち着《き》て、六の巻《まき》そらによむ、まことにたふときほどに、近《ちか》き所《ところ》なるべし、ありつ

める。それから、経などのしかるべきところどころを、そっと小さい声で口をつくままに唱えて座っている。奥の方では、朝食のお粥《かゆ》や洗面の用意などをして、「準備ができました」とすすめるので、男は奥の方へ歩いていく。でも、奥に行っても、すぐに手を洗ったり、ご飯を食べ始めたりしないで、そこにある机に寄りかかって書物などを読んでいる。おもしろい箇所は、声高く朗詠しているのも、ホントに趣があるわ。

手を洗って、直衣《のうし》だけをちょっと羽織って、法華経《ほけきよう》の第六巻をそらで唱えている。とっても尊い感じがする時なのに、さっきの手紙の届け先の女性の家はきっ

る使《つかい》うちけしきばめば、ふとよみさして、返事《かえりごと》に心移《こころうつ》すこそ、罪得《つみう》らむと、をかしけれ。

と近いところなのね、使者が戻ってきて、合図をすると、男は誦経《ずきょう》を途中でふっとやめて、女からの返事に気を取られて夢中になって読んでいる。他のことならともかく、お経を読んでいたのに、女からの返事にすぐさま気を移しちゃうなんて、仏罰をうけるわよと、おかしくなっちゃった。

見どころ

女との逢瀬《おうせ》から戻ってきた後の男の一挙一動がスクリーンに映し出されるように、描き出されている。そこが見どころ。いわゆる「覗《のぞ》き見」の視点。これについては、後でゆっくり触れます。

視点も面白いのですが、この章段は、平安時代のもてる男とはどんな行動をするのかを私たちに教えてくれます。それは、現在にも十分通用します。

当時の風習

平安時代は、今と違って、夜になると、男性が好きな女性のところに通っていく結婚形態ですね。いわゆる「通い婚」です。そして、夜が明けないうちに、男性は女性の家から自宅に戻ります。

また、夫婦関係も、現在のような一夫一婦制ではありません。男性は、何人もの女性と夫婦関係を持つことができる。だから、この章段に登場する男性のように、複数の女性と関係を持っていても、全く問題ないのです。それどころか、多くの女性と付き合っている男性ほど、女の扱いも洗練されています。では、女の側に立ってみると、どんな男がステキと思えるのでしょうか？　次のような条件をそなえた男です。

色男とは

第一、女と逢って自宅に帰ってからも、女との逢瀬の余韻に浸っている男性であること。女と逢った後、家に帰ってきて、「ああ、疲れた」とばかりにどさっと寝床に入ってぐーぐー寝てしまう男なんて、考えただけで、うんざり。おおよそ情事にふさわしくない男性です。昨夜のことを反芻《はんすう》し、女の姿や女との会話を思い出し、女の前で流した自分の涙や、女の家からの帰り道での露に濡れそぼった袖をしみじみ見返したり、匂いまでかいで、女との逢瀬の余韻に浸っている。そんな行動をとる男こそ女の心を打つのです。食事だといわれても、おおよそ食べることには関心を示さない優雅さを備えている。食い気よりも色気です。

第二、心のこもった手紙を時機を逃さずに女のもとに送り届ける男性であること。女性との逢瀬の直後に、自宅に戻ってから「後朝《きぬぎぬ》の文《ふみ》」を心を込めて書いて出す。その手紙を持っていく使いもそれを運ぶのにふさわしい人間を選んで渡す、そんな細やかな心配りができること。これも、色男の条件。

第三、なによりも愛している女のことを最優先させる男性であること。法華経《ほけきょう》なんかを空で唱えて尊い様子だった男が、女からの返事が来るやいなや法華経のことなんかそっちのけにして女からの返事に読みふけっちゃう。これでいいのだ、と清少納言は拍手喝采《かっさい》を送っています。「あら、そんな不謹慎なことをすると、罰が当たるわよ」なんて言いつつ、清少納言はそういう男に目を細めています。ちなみに、この結び方は秀逸ですね。教訓臭の強い結びではなく、あくまで現実の男と女の機微を突いて章段を結んでいます。読者は、そうなのよ、やっぱり法華経よりも女よ、そういう男こそかっこいいのよと思い、清少納言の仕事オンリーの異性に物足りなさを覚える心に賛意を表します。

女が「ステキねえ」と思う男性像を清少納言はここで過不足なく語っています。女なら、みな多かれ少なかれ、こういう男に憧《あこが》れています。仕事に命をかけて、それ以外のことを顧みる余裕のない男なんて真っ平。仕事ができるのは、当たり前。そのほかに、女との逢瀬を楽しみ、女を思うことに時間とエネルギーを割ける男こそ、女から見た時の理想の男性なのです。それだけの余裕を持った男に、女は憧れる!

普遍の人間心理

清少納言は、この章段でもう一つ普遍の人間心理を鋭く突いています。それは、満ち足りた情事の後に訪れる祈りに似た気分。この章段に登場する男は、女への手紙を書いた後、お経を唱えています。ここに、清少納言の観察眼が光っています。男も女も幸せな情事の後には、何かに感謝したいような敬虔《けいけん》な気分になることが多いもの。それを彼女は見逃すことなく実に具体的に、視覚的に描き出してみせています。「うーん、やっぱりこの観察眼はただものではない」と、読者をうならせます。いつの時代にも通用する男女の心の襞《ひだ》を視覚的にとらえて読者に提示する技量は、天下一品なのです。

常に文おこする人の（二七五段 部分）

常《つね》に文《ふみ》おこする人《ひと》の、「何《なに》かは。言《い》ふにもかひなし。今《いま》は」と言《い》ひて、またの日《ひ》音《おと》もせねば、さすがに、明《あ》けたてば、さし出《い》づる文《ふみ》の見《み》

機転の利く男

いつも愛し合った翌朝にはきちんと手紙をくれる男の人が、「だめだ！　話にならん。もう、これっきりだ」と怒って帰ってしまい、翌朝には何の音沙汰《おとさた》もない。いいわ、もう喧嘩《けんか》別れしたんだから

えぬこそさうざうしけれと思《おも》ひて、「さても、きはぎはしかりける心《こころ》かな」と言《い》ひて暮《く》らしつ。

またの日《ひ》、雨《あめ》のいたく降《ふ》る昼《ひる》まで、音《おと》もせねば、「むげに思《おも》ひ絶《た》えにけり」など言《い》ひて、端《はし》の方《かた》にゐたる夕暮《ゆうぐれ》に、傘《かさ》さしたる者《もの》の持《も》て来《き》たる文《ふみ》を、常《つね》よりもとくあけて見《み》れば、ただ「水増《みずま》す雨《あめ》の」とある、いとおほくよみ出《い》だしつる歌《うた》どもより

と自分に言い聞かせはするものの、さすがに、夜が明けるとすぐ召し使いの差し出す手紙がないのって寂しいなあと思う。「それにしても、まあ、思い切った気性だこと！」と言って、その日を過ごしてしまった。

　その翌日、雨がひどく降る。昼まで、何の音沙汰もないので、「完全に私のことを見捨ててしまったんだわ」などと言って、外に近い縁側に座って悩んでいる。その夕暮れに、傘を差した人が手紙を持ってきた。いつもより急いで開けてみると、ただ「水増す雨の（＝雨が降ると、水が増すように君への思いはつのるよ）」とだけ書いてある。たくさん詠んである

歌なんかより、数倍もステキ！

もをかし。

見どころ

ケンカ別れした後、男は機知に富んだ反応をして、女の心を再びぐっと引き寄せる。ここが見どころ。女の気持ちの推移が手に取るように描かれています。現在でも、「もう、おまえとは別れる！」と男に捨てゼリフされて放置されたままの状態になると、女は動揺し、男からの連絡を心待ちにしてしまう。そこに、男が巧みなリアクションをすると、女は再び男に惚《ほ》れ直してしまう。現代にも通用する恋の駆け引き。

後朝《きぬぎぬ》の文《ふみ》

当時は、女の家から戻った男は、夜が明けるやいなやできるだけ早い時刻に女に手紙を贈るのがルール。それを「後朝の文」といいます。その手紙がないことは、別れを意味することが多い。だから、女性は動揺するのです。

平安時代の『大和物語』一〇三段には、こんな話が出ています。「後朝の文」もなく、数日連絡がなかったので、女は捨てられたと思って、出家してしまったという話。実際には、男は急の公務で出張し連絡できなかっただけなのですが。こんな残念な結果にならないためにも、男は憎からず思った女性には、必ず「後朝の文」を贈る必要があります。

一句でわかる

男性からの手紙に書いてあったのは、「水増す雨の」というところだけ。これだけでもう相手にどんな歌か分かるのです。有名な歌は、みな暗記していました。だから、「水増す雨の」と言われただけで、ああ、あの歌ねと歌全体が相手に分かる。つまり、当時は有名な歌は、教養として共通理解が成り立っているのです。

でも、私たち現代人は、前後の脈絡から歌の内容は想像できるけれど、具体的にどの歌をさしているのかは分からない。それで研究者の考証が重ねられてきているのです。考証しても、当時の歌がすべて残っているわけではありませんし、その時有名だった歌が常に分かるわけではありませんから、「この歌」となかなか断定できない。この箇所も、そういうところ。

この歌である可能性が高いと言われているものはいくつか指摘されています。たとえば、『古今和歌集』巻一二の紀貫之《きのつらゆき》の歌。「まこも刈る 淀の沢水 雨降れば 常よりことに まさるわが恋（＝淀のあたりの水溜《たま》りの水は雨が降ると、いつもより一層水かさが増してくる。それは私の君を恋する心と同じ）」。歌の意味は、確かに「水増す雨の」を表していると思えます。でも、残念ながら、紀貫之の歌には「水増す雨の」という語句そのものが見られない。他の引用された可能性が高いと指摘されている歌も、すべて「水増す雨の」と一致した語句を含んでいない。だから、引き歌とするには、決定打に欠けてしまう。語句も一致した、どんぴしゃな歌が見つけ出せれば問題ないんですが。でも、まあ、意味する歌の心ははっきりしていますから、文脈理解には支障がありません。

雨嫌いだけれど

男性が、清少納言に手紙を出したのは、大雨の直後。彼女の雨嫌いは、有名です。雨の降る中を男性がわざわざやってきた場合には、清少納言は間違いなく男性を追い返したと思えます。

というのは、「成信《なりのぶ》の中将は」(二七四段)で、彼女は、雨の夜に訪れる男性はいやだと明言しています。当時は、一般に雨の夜に男が女の家を訪れるのは、男の愛情が感じられてステキと思われていました。だから、実際、雨の夜に女のところにやってくる男も多い。

でも、清少納言は雨の中を訪れる男性が嫌い。なぜなら、愛情があるんじゃなくて、単なる「雨宿り」の場所と考えて立ち寄っている可能性があると言うのです。毎晩欠かさずに通ってきている男ならいざ知らず、あまり通ってこない男が突然雨の夜に訪ねてきたりすると、「私のところは雨宿り場所?」という疑念がわきあがる。さらに、雨でずぶぬれになってやってきて、「大変だった」と恩着せがましくぶつぶつこぼすような男なんて、どこがすばらしいの! と不満をぶちまけています。

この章段に登場するウイットに富む男性は、清少納言のそうした好みまで心得ていたのでしょう。男性本人は、雨の中を訪れたりせず、気の利いた手紙だけを贈っています。だからこそ、彼女の心にグッと来たのです。

清少納言は主張します。女のところを訪れるのは、月明かりの夜か雪の降る晩よ!

と。視覚的な美しさを感じさせるからですね。

仲直りの方法

ケンカしたものの、やっぱりあいつが好き、と互いに思っていることはよくあります。そんな時、仲直りしたくても、きっかけがつかめないことが多い。くどくどした言い訳よりも、「好き！」の一言のほうが効果的であることを、この章段に登場した男性は知っていたんですね。こんなふうに、天候にあわせ、しかも自分の気持ちを伝える歌の一節だけを手紙に託す。今でも使えるおしゃれな仲直り方法。

私は、学生たちに恋人とケンカした時に、どういうふうに仲直りしたかを聞いてみました。『枕草子』に書いてあるような方法は結構用いられています。たとえば、女子学生は言います。カレシが約束を破ったために彼女は怒った。カレシはいろいろ言い訳をするが、その理由に納得がいかずに大ゲンカ。以後、彼女はカレシからの電話には一切出ない。携帯電話のメールも見ずに削除。ある時、パソコンを開けたら、猿（＝男）が豚（＝女）に謝る滑稽な場面の絵メールだけが送られてきていた。絵を見て思わず笑ってしまい、カレシと仲直り。

また、こんなケースも。恋人同士で大ゲンカ。彼女はカレシからの「ごめんね」メールを待っている。しばらくしてカレシからのメールが入り、彼女はいそいそとメールを開ける。「財布にお金がなくて帰れない。金貸して」と書いてある。彼女は一層腹が立ち「歩いて帰れ！」と返信した。彼女はそう返信したものの、「言い過ぎかなあ？　帰れたかなあ？」という心配がつのって、ついに翌日彼女からカレシにメールをして仲直り。相手が心配になるようなことを言うのも、仲直りの秘訣。

返る年の二月二十余日《よひ》（七九段　部分）

頭中将藤原斉信《ふじわらのただのぶ》が、清少納言を訪ねてきた。斉信は、太政大臣の次男だから名門のお坊ちゃま。そのときの服装のすばらしさは、まさにファッション誌から抜けだしてきたようであった。

局《つぼね》は引《ひ》きもやあけたまはむと、心《こころ》ときめき、わづらはしければ、梅壺《むめつぼ》の東面《ひんがしおもて》、半蔀上《はじとみあ》げて、「ここに」と言《い》へば、めでたくてぞ歩《あゆ》み出《い》でたまへる。

桜《さくら》の綾《あや》の直衣《のうし》の、いみじうはなばなと、裏《うら》のつやなど、えも言《い》はずきよらなるに、葡萄染《えびぞめ》のいと濃《こ》き指《さし》貫《ぬき》、藤《ふじ》の折枝《おりえだ》おどろおどろしく織《お》り乱《みだ》りて、紅《くれない》の色《いろ》、打目《うちめ》などかがや

ファッションセンスのある男

私の間仕切り部屋では、斉信《ただのぶ》さまが戸を開けて入っていらっしゃるかもしれないと、気が気でなくてつらいから、反対側の梅壺《うめつぼ》の東側の半部《はじとみ》を引き上げて「ここにおります」と声をかけると、斉信さまはすばらしいお姿で歩み寄っておいでになる。

桜の綾の直衣《のうし》で、すごく華やかなのをお召しになり、透けて見える裏地の紅色の艶《つや》など、言うべき言葉もないほど清らかで美しい。下は、赤紫の色濃い指貫《さしぬき》。そこには藤の折枝《おりえだ》の模様を豪華に織り散らしてある。出衣《いだしぎぬ》の紅の色や光沢なども輝くばかり。下襲《したがさね》の白いのや薄紫色のな

くばかりぞ見《み》ゆる。白《しろ》き薄色《うすいろ》など下《した》にあまた重《かさ》なりたり。せばき縁《えん》に、片《かた》つ方《かた》は下《しも》ながら、すこし簾《す》のもと近《ちこ》う寄《よ》りゐたまへるぞ、まことに絵《え》にかき、物語《ものがたり》のめでたき事《こと》に言《い》ひたる、これにこそはとぞ見《み》えたる。

んかがたくさん重なって後ろに長くないている。

狭い縁側に、片足は縁から下におろしたままで、上半身は少し簾《すだれ》の近くに寄って座っていらっしゃるお姿といったら、ホントに絵に描いたり、物語の中ですばらしいこととして言ったりしているのは、まさしくこの様子をこそ言うんだわと、見とれちゃった。

見どころ

見どころは、何と言っても、斉信《ただのぶ》のファッションセンス。色彩感覚も群を抜いている。その色彩感覚が、視覚型人間の清少納言をうっとりさせたのです。

男が赤系の衣装を着こなす

では、斉信の色彩感覚はどんなものだったでしょうか？　彼は、全体を赤系のグラデーションでまとめ上げています。上には、全体として桜の花びらのようなピンクに見える直衣《のうし》を着ている。直衣の下からは光沢のある紅の下着がシャツ出しルック風に見えている。下半身には、藤の折枝模様を織り込んである赤紫の色濃い指貫《さしぬき》。後ろには、白や薄紫色の裾が長くなびいている。

ピンク、紅、赤紫、薄紫と赤系の濃淡でまとめています。それを際立たせるように、白も配色してあります。何とも派手な衣装です。男性が赤系の衣装を着ていたのです。しかも、すべて絹ですから、色彩が派手であるばかりではなく、光沢がある。斉信の姿を見る者には、彼の体からオーラが出ているかのように、まばゆく感じられたに違いありません。

現代人も顔負けするような、色彩豊かな男性ファッションが、わあステキと女たちからもてはやされていたのです。

心にくきもの（一九〇段 部分）

清少納言が胸をときめかしている男性は、前段と同じく頭中将藤原斉信《ふじわらのただのぶ》。彼は、ファッションセンスばかりではなく、衣装に薫き染《たし》めてある香の匂いもすばらしく、女心を妖《あや》しく揺さぶる。

五月《さつき》の長雨《ながあめ》のころ、上《うえ》の御局《おんつぼね》の小《こ》戸《と》の簾《す》に斉信《ただのぶ》の中将《ちゆうじよう》の寄《よ》りゐたまへりし香《か》は、まことにをかしうもありしかな。その物《もの》の香《か》ともおぼえず。おほかた雨《あめ》にもしめりて、艶《えん》なるけしきのめづらしげなき事《こと》なれ

芳香で魅する男

五月で雨が続いているころ、宮中のお部屋の小戸《こと》にかかっている簾《すだれ》に斉信《ただのぶ》中将さまが寄りかかって座っていらっしゃった時の香りといったら、ホントにほれぼれしちゃったわ。どんな配合のお香か一発で分からないような芳香！

だいたい雨の湿り気で香りが引き立つのは別にめずらしくもないことだけれ

ど、いかでか言《い》はではあらむ。また の日《ひ》まで御簾《みす》にしみかへりたりし を、若《わか》き人《ひと》などの世《よ》に知《し》らず思《おも》へ る、ことわりなりや。

ど、だからといってあの時の感動は言わずにはいられない。翌日まで、彼の残り香が簾に染み込んで匂いたってくるのを、若い人などキャーキャー騒いでいるのも、無理ないわね。

見どころ

見どころは、男の衣装に薫《た》き染《し》めた香《こう》の匂いに惹《ひ》かれていく女心がよく出ているところ。現在でも、なんともいえぬよい匂いの香水をつけている男性に出会うと、その匂いに惹かれてそのままその男性の後を追って付いていってしまいそうになる時がありま す。

清少納言をはじめとする当時の人々は、嗅覚が今日よりも一層発達しています。なにしろ、視覚がきかない闇夜での逢瀬《おうせ》に鍛えられているのですから。

鋭い嗅覚

中でも、清少納言の嗅覚は鋭い。湿度の高い季節には、香りが際立つこともしっかりおさえています。「よくたきしめたる薫物《たきもの》の」（二二五段）では、薫物の匂いも、薫き染めた直後よりも、三日くらい経った時にふっと香ってくる残り香《が》の方が上品でよいと言っています。さすがですねえ。現在だって、強すぎる香水の香りには、むせかえってしまいますが、ふとした空気の流れで漂ってくるほのかな香りにははっと胸がときめきます。

また、清少納言は「心ときめきするもの」（二七段）で、洗髪し、化粧をして、香がよく染みている着物を着て、ひとり臥《ふ》しているときも、至福のときを味わっています。過去の男性との思い出、いま気になっている男性との恋の予想など、甘美な想像の世界に浸れるからです。

この章段の斉信《ただのぶ》の芳香は、おそらく薫物の匂いだけではなく、湿度と彼自身の体臭のミックスした、一回的に生じたすばらしく魅惑的な香りだった、そう思えます。

斉信との関係

前段のファッションセンスのよさにしろ、香りのよさにしろ、斉信は、清少納言の憧《あこが》れの男性であることが分かります。斉信は、容姿に恵まれ、振る舞いも優美、優れた学才、当意即妙の機知を持った男性。『枕草子』に最もよく登場する男性の一人。

一体、斉信と清少納言は、どんな関係だったのか？　とても気になります。どうやら、二人の間には夫婦関係はなかったらしい。というのは、斉信の方が結婚をほのめかすような言葉を口にしても、清少納言ははぐらかしています。夫婦関係になると、あなたのことを公平に見られなくなるなどと、清少納言はヘリクツを述べて拒絶しています。

斉信は、あくまで清少納言の敬愛し、賛美する対象だったのです。斉信の方も、清少納言の才能を愛し、人柄を理解していました。二人の親密な年月は、正暦《しょうりゃく》五年（九九四年）五月ごろから長徳三年（九九七年）九月ごろまでの三年余。清少納言の仕える中宮定《てい》子《し》が凋落《ちょうらく》すると、斉信は政敵の藤原道長《ふじわらのみちなが》方につき、出世を果たしていきます。同時に、清少納言との関係も、切れてゆきます。斉信は、機を見るに敏な男性であったのでしょう。

説経の講師は（三一段 部分）

説経《せっきょう》の講師《こうじ》は、顔《かお》よき。講師《こうじ》の顔《かお》をつとまもらへたるこそ、その説《と》くことのたふとさもおぼゆれ。ひが目《め》しつれば、ふと忘《わす》るるに、にくげなるは、罪《つみ》や得《う》らむとおぼゆ。このことはとどむべし。すこし年《とし》などのよ

法師もイケメンがいい

説経してくれるお坊さんは、やっぱり顔がよくなくっちゃ。美男のお坊さんの顔をじっと見つめていてこそ、説経のありがたみもあるというものよ。

顔がよくないと、ついよそ見をしてしまう。そうすると、説経の内容なんかたちまち忘れちゃうから、顔のわるいお坊さんの話を聞くのは、不信心の罪を犯す

ろしきほどは、かやうの罪得方《つみえがた》のことは書《か》き出《い》でけめ、今《いま》は罪《つみ》、いとおそろし。

ことになるのではと心配になるわ。

でも、もう、この話はやめるわ。だって、まだ若い時だったらこんなふうに罰当たりなことを書いてもいいけど、私の年じゃあ、来世の罪が恐ろしいもの。

見どころ

説経師は、顔がよくなくっちゃと、大胆に言い切っているところが、なんとも新鮮。普通の人は、漠然と感じてはいるけれど意識化されていなかったり、あるいは、心の中で密かに感じていても、口に出してはいけないと思っている事柄。清少納言も、仏法の話題なのに、男の美醜という不謹慎な話を持ち込んじゃあ、いけないかも、という後ろめたさは若干感じている。だからこそ、この話をそそくさと切り上げているんですね。

信仰心が薄いという非難もあるが

研究者の中には、「色即是空の法談に、僧の美醜を問題にするに至ってはあまりに奇矯である。暇さへあれば、仏いぢりに日を暮らした当時において、こんなに思ひ切った、その大胆さに呆れざるを得ない」（金子元臣『枕草子評釈』明治書院）という批評もあります。「色即是空」というのは、万物は形を備えているけれど、すべて仮の姿であって、本体はないという仏教思想。そういうことを説く仏教の話に、もっとも俗っぽい容姿のよしあしを持ち込むのは、どうかしていると非難しているんですね。

でも、私は、そうだからこそ、『枕草子』は古典として生き残ったと思っています。当時の型にはまった、仏様のことなら何でもありがたいという見方では普遍性を獲得できなかった。「説経の講師は、顔よき」と言い切っているところが、永遠の人間心理を突いた名言になっているのです。

普通の人間は、いかに尊い内容であろうとも、話してくれる人の顔や姿に目が行き、その美醜を判断しつつ聞いているのです。そういうミーハー的な心のあり方を白日の下にさらけだしてみせるところに、『枕草子』の魅力があるのです。

与謝野晶子は、「かまくらや　みほとけなれど釈迦牟尼《しゃかむに》は　美男におはす　夏木立かな」という大胆な歌を詠みましたが、それよりも約一千年も昔の清少納言がすでにそういう発言をしている！　清少納言の人間心理を突く鋭さに脱帽です。

めでたきもの（八四段　部分）

六位《い》の蔵人《くろうど》。いみじき君達《きんだち》なれど、えしも着《き》たまはぬ綾織物《あやおりもの》を心《こころ》にまかせて着《き》たる青色姿《あおいろすがた》などの、いとめでたきなり。所《ところ》の雑色《ぞうしき》、ただ人《びと》の子《こ》どもなどにて、殿《との》ばらの侍《さぶらい》に、

出世した青年

六位の蔵人《くろうど》は、やっぱり立派。だって、とびきり身分の高い家のお坊ちゃまたちでも絶対着ることがおできにならない綾織物《あやおりもの》を、六位の蔵人は職業柄思いのままに着ているのよ。天皇からいただいた青色の袍《ほう》なんかを着ちゃって、すごく立派なのよ。もとは、蔵人所《くろうどどころ》の雑色《ぞうしき》とか

四位《い》、五位《い》の司《つかさ》あるが下《しも》にうちゐて、何《なに》とも見《み》えぬに、蔵人《くろうど》になりぬれば、えもいはずぞあさましきや。宣旨《せんじ》など持《も》てまゐり、大饗《だいきよう》のをりの甘栗《あまぐり》の使《つかい》などにまゐりたる、もてなしやむことながりたまへるさまは、いづこなりし天《あま》くだり人《びと》ならむとこそ見《み》ゆれ。

普通の身分の人の子供などであって、お歴々の家の侍《さぶらい》として、四位や五位の官職のある人の下にかしこまっていて、目立たなかったのに、蔵人になってしまうと、「えっ!」なんて言葉もないほど変わっちゃって驚くのよね。天皇の勅使として、宣旨《せんじ》を持参したり、大饗《だいきよう》の時の甘栗(天皇から賜わる甘みを出した栗)の使いなどで旧主人の邸へ参向したりしたのを、主人の側で大切にお扱いなさっている様子ときたら、どこから天下った天人なのだろうかと思うほどよ。

見どころ

目立たなかった男の子が、いつしか天皇直属の蔵人《くろうど》に取り立てられ、見違えるほど立派な姿になったのを眼にした時の驚きの気持ちがポイント。

こういうことって現在でもないわけではない。たとえば、昔、隣だった家の、おとなしくて目立たなかった子が、売れっ子タレントになり、派手な衣装に身をつつみ、全身からオーラを発している。「へえ、あの子がね！」と驚きの気持ちでテレビ画面を食い入るように見ていたりする気持ち。

男は出世。それもかっこいい男の一つの条件です。

青色の袍《ほう》は、憧《あこが》れの衣装

青色の袍は、もともと天皇しかお召しになれない衣装。天皇が賭弓《のりゆみ》、競馬《くらべうま》、臨時祭などの略式の催し物で着用します。天皇以外では、上皇・皇太子が着用できる。だから、大臣といった高い身分の息子でも、青色の袍は着ることができないのです。

でも、六位の蔵人だけは、天皇の近くでご奉仕申し上げるために、天皇から拝領して着用することが許された。だから、青色の袍は、蔵人の面目を施すものとしてもてはやされ、憧れられたのです。

「青色」といいますが、実際は真っ青ではなく、黄色が青みを帯びた感じの色です。平安時代では、染めてその色を出しましたが、江戸時代になると、縦糸を青、横糸を黄色にして織り出しました。黄色がまさり、そこに青みが入った色だったことがわかりますね。

元来、天皇しか着ることができない衣装を着て、みんなの前に姿を現すのですから、六位の蔵人とはいえ、天人が天下ってきたように思えたのです。

かっこいいのは現役の時だけ

でも、清少納言は、六位の蔵人がかっこいいのは、現役の時だけと知っています。「六位の蔵人などは」(一七〇段)では、現役を終えた六位の蔵人の姿を皮肉に描きだしています。任期を終えると、五位にはなるのですが、職がないことが多い。「権守《ごんのかみ》」「大夫《たいふ》」などと一応呼ばれて偉そうに見えるのですが、名誉職で俸給はない。宮中への出入りもできなくなる。中下流貴族の青年にとっての最高の名誉も長くは続かない。だからこそ、余計に青色の袍を着た華々しい青年の姿が輝いているのです。

一言まとめ――かっこいい男とは――

清少納言がかっこいいと言っている男の輪郭をまとめてみます。立ち居振る舞いが優美で、機転が利くこと。そしてファッションセンスがよくて、おしゃれ。いつもよい匂いをさせる男。容姿は言うまでもなく美男。しかも出世姿も惚《ほ》れ惚《ぼ》れしちゃう男。

ということは、いまどきの若い女性の望みと全く一致しています。いまどきの若い女性は言います。「イケメンで、頭がよくて、ファッションセンス抜群で、いい匂いをさせ、皆にかっこいいって言われる職業の人と結婚したいわあ」。そんな男性は、めったにいるわけはなく、現実にはさまざまな妥協をして結婚にこぎつけているのです。

でも、「願わくは」という乙女の夢は、古今東西似たり寄ったり。清少納言は、そこを巧みに突いてくるのです。彼女は、ミーハーの感じること、考えることをズバリと言ってのける。それが、読者としてはなんとも快感。『枕草子』が受けるのは、ミーハーの気持ちの代弁者であるからなのです。

『枕草子』には、現状を批判する精神がないから浅いと指摘する研究者もいます。けれど、『枕草子』の魅力はひたすらミーハーであるところにあります。『枕草子』に、もっと深遠な批判精神をつけたら、これほどまでに一般大衆の心をつかむことはなかったはずです。

2　ダメな男

六一段　一二〇段　四三段
六段　二四八段

暁に帰らむ人は（六一段）

暁《あかつき》に帰《かえ》らむ人《ひと》は、装束《そうぞく》などいみじううるはしう、烏帽子《えぼうし》の緒《お》元結《もとゆい》かためずともありなむとこそおぼゆれ。いみじくしどけなく、かたくなしく、直衣《のうし》、狩衣《かりぎぬ》などゆがめたりとも、

あたふたと帰る男

明け方に、女のもとから帰ろうとする男性は、衣装などをたいそうきちんと整えたり、烏帽子《えぼうし》の紐《ひも》を髻《もとどり》にしっかり結びつけるなどのことはしなくてもいいんじゃあない。ひどくだらしなく、見苦しく、直衣《のうし》や狩衣《かりぎぬ》などをゆがんで着ている

誰《たれ》か見知《みし》りて笑《わら》ひそしりもせむ。人《ひと》は、なほ暁《あかつき》のありさまこそ、をかしうもあるべけれ。わりなくしぶしぶに起《お》きがたげなるを、強《し》ひてそそのかし、「明《あ》け過《す》ぎぬ。あな見《み》苦《ぐる》し」など言《い》はれて、うち嘆《なげ》くけしきも、げにあかず、物憂《ものう》くもあらむかしと見《み》ゆ。指貫《さしぬき》なども、ゐながら着《き》もやらず、まづさし寄《よ》りて、夜言《よるい》ひつることの名残《なごり》、女《おんな》の耳《みみ》に言《い》ひ入《い》

としても、明け方の薄暗い時に誰がそれを見知って笑ったり悪口を言ったりするかしら。誰もそんなことしないわ。

男性は、何と言っても、明け方の別れの振る舞いこそ、愛情こまやかにしなくては。どうしようもなくしぶしぶと、起きるのが辛くてたまらないって様子なのを、女から無理にせっついて、「寅《とら》の刻(午前三時)を過ぎちゃったわよ。まあ、みっともない。早く帰らないと。人に顔を見られちゃうわよ」などと言われて、男がため息をつく様子も、「なるほどまだまだ愛したりなくて、帰るのがつらいのだなあ」って思える。

指貫《さしぬき》なども、座ったままで、はこうと

れて、何《なに》わざすともなきやうなれど、帯《おび》など結《ゆ》ふやうなり。格子《こうし》押《お》し上《あ》げ、妻戸《つまど》ある所《ところ》は、やがてもろともに率《い》て行《い》きて、昼《ひる》のほどのおぼつかなからむ事《こと》なども言《い》ひ出《い》でにすべり出《い》でなむは、見送《みおく》られて名残《なごり》もをかしかりなむ。

思《おも》ひ出《で》どころありて、いときはやかに起《お》きて、ひろめき立《た》ちて、指貫《さしぬき》の腰《こし》ごそごそとひき結《ゆ》ひなほし、う

もしないで、ともかく女に寄り添って、昨夜話した睦言《むつごと》の続きを女の耳元でささやく。とりたてて何かをしているというふうでもないようなんだけれど、結構、帯なんか結んでいるらしい。格子《こうし》を押し上げて、両開きの戸のある部屋ならそのまま女を一緒に出口まで連れていく。「昼はどう過ごしているの？　心配だよ」などと口にしながら、そっと女の家を出て行くのは、女が自然と男の後ろ姿を見送る気持ちになって、別れの名残惜しさも格別だと思うの。

それとは反対に、男には他に思い出す女のところがあって、すごく派手にがばっと起きて、夜具も何もぱっぱと引き散

への衣《きぬ》も、狩衣《かりぎぬ》も、袖《そで》かいまくりて、よろとさし入《い》れ、帯《おび》いとしたたかに結《ゆ》ひ果《は》てて、ついゐて、烏帽子《えぼうし》の緒《お》きと強《つよ》げに結《ゆ》ひ入《い》れて、かい据《す》うる音《おと》して、扇《おうぎ》、畳紙《たとうがみ》など昨夜《よべ》枕《まくら》上《がみ》に置《お》きしかど、おのづから引《ひ》かれ散《ち》りにけるをもとむるに、暗《くら》ければ、いかでかは見《み》えむ、「いづらいづら」と、たたきわたし見出《みい》でて、扇《おうぎ》ふたふたと使《つか》ひ、懐紙《ふところがみ》さし入《い》れ

らかし、指貫の腰紐をごそごそと結び直す。袍《ほう》であれ狩衣であれ、袖をまくりあげて、腕をぐっと差し入れ、帯をこのうえなくしっかりと結ぶ。続いてさっとひざまずいて、烏帽子の紐をぎゅっと強く結び入れて、頭にかっちりすえる。その音がしたかと思うと、扇や畳紙《たとうがみ》を昨夜枕元においておいたのが、自然に散らばってしまったのを探し当てようとする。暗いから見えないでしょ、「どこだどこだ」ってそこら一面に叩きまわってやっと探し出して、汗だく。扇をばたばた使って、懐紙を懐につっこんで、「失礼します」とほんのひとこと言って出て行く！ これって、最低の男よね。

て、「まかりなむ」とばかりこそ言《い》

ふらめ。

見どころ

女との逢瀬《おうせ》のあと、かっこいい男の振る舞いと対比的に、無粋な男があたふたと帰り支度をする様子が見どころ。現在でも、名残を惜しむどころか、用事を思い出すやいなや、デート現場に女を置き去りにして踵《きびす》を返す男がいるけれど、その時に味わう女の幻滅感は昔と少しもかわらない。

ちなみに、当時、男性が女性のところにやってくるのは「宵《よい》」(午後十一時まで)、男性が帰っていくのは、午前三時から五時までの「暁《あかつき》」。当時の日付変更時は、小林賢章『アカツキの研究――平安人の時間――』(和泉書院)によって、午前三時だったことが明らかにされています。今は、午前零時が日付変更時ですから、それより三時間後ろにずれた形で日付変更時が設定されていたというわけです。男性は、どんなことがあっても午前五時には女性の家を出ていなければなりません。

無粋な男は音を立てる

別れ際こそ、名残惜しそうにしてほしいと思う女心。人間の心の機微を解する男はそれを心得ていて、女の耳元で甘い言葉をささやき続ける。身支度はさりげなくしていく。音も立てない。

ところが、無粋な男は、自分本位。自分が満足するやいなや、用が済んだとばかりにばたばたと帰り支度に一心不乱。相手の気持ちなど念頭にないから、音を立てることこの上なし。

「ごそごそと」指貫《さしぬき》の腰紐《こしひも》を結び直し、「よろと（＝ぐっと）」袍《ほう》の袖などに手を差し入れ、「きと（＝ぎゅっと）」烏帽子《えぼうし》の紐を結びいれ、「ふたふたと（＝ばたばたと）」扇を使う。いずれも、実際の音や様子を写し取った擬音語・擬態語。清少納言は、擬音語・擬態語を実に効果的に使っています。

さらに、「ひろめく（＝軽いものがひらひらする）」という動詞型の擬態語を使って、夜具などを引き散らかす様子を表しています。また、烏帽子を頭に「かい据うる音して（＝かっちりすえる音がして）」と「音」の描写もあります。扇や懐紙を探して寝床を「たたく」音も出ています。

そして、無粋な男は、扇や懐紙を探す時にも「いづらいづら（＝どこだどこだ）」という声まで上げています。かっこいい男は、こんな大きなはっきりした声を上げません。他人には聞き取れないように、女の耳元でささやくのです。無粋な男の極めつけは、帰り際の言葉です。「まかりなむ（＝失礼します）」とひどく目立つ声をあげて女の許を出ていくのです。ああ、なんて色気がないんだろう。後に残された女はがっかりしています。

無粋な男は、目立つ音や声を立てるのです。

はづかしきもの（一二〇段 部分）

男《おとこ》は、うたて思《おも》ふさまならず、もどかしう、心《こころ》づきなき事《こと》などありと見《み》れど、さし向《むか》ひたる人《ひと》をすかしたのむるこそいとはづかしけれ。まして情《なさ》けあり、好《この》ましう人《ひと》に知《し》られたるなどは、おろかなりと思《おも》はすべうももてなさずかし。心《こころ》のうちにのみならず、またみな、これが事《こと》はかれ

口のうますぎる男

男は「理想通りでなく、うっとうしい女だ。じれったくて、気にくわない点がある」と腹の中では思っても、面と向かっている女の人の機嫌をとり、本心でないことまでも言い、自分の愛情を頼みに思わせる。それって、すごく油断ならないわ。まして、情がこまやかで感じがよいと世間で評判をとっている男などは、「月並みのお世辞だ」と女に思わせるようなへまな応対はしない。

そんな男は、心の中でいやな女だとひ

に言《い》ひ、かれが事《こと》はこれに言《い》ひ聞《き》かすべかめるも、わが事《こと》をば知《し》らで、かう語《かた》るはなほこよなきなめりと、思《おも》ひやすらむ。いで、されば、すこしも思《おも》ふ人《ひと》にあへば、心《こころ》はかなきなめりと見《み》えて、いとはづかしうもあらぬぞかし。

いみじうあはれに心苦《こころぐる》しう見捨《みす》てがたき事《こと》などを、いささか何《なに》とも思《おも》はぬも、いかなる心《こころ》ぞとこそあさま

そかに考えているだけではなく、実は、こちらの女のことは洗いざらいあちらの女に話し、あちらの女のことはこちらの女にすっかり話して聞かせているらしい。でも、話を聞かされている女は、男が他の女に自分の悪口を言っていることにも気づかずに、「こんなふうに、他の女への不満を語り聞かせるのは、やっぱり私が一番愛されているからだろう」と、勘違いもするだろう。

だから、私は少しでも愛情を感じる男に出会うと、「ああ、この人も浮ついた情の薄い男なのだろう」と思えてきて、ひどく臆病になるなんてこともないのね。

しけれ。さすがに人《ひと》の上《うえ》をもどき、物《もの》をいとよく言《い》ふさまよ。ことにたのもしき人《ひと》なき宮仕《みやづか》へ人《びと》などを語《かた》らひて、ただならずなりぬるありさまを、清《きよ》く知《し》らでなどもあるは。

また、男って、ホントにいじらしくて気の毒な境遇にあって見捨てることができにくい女性のことでも、一向に気に留めないで捨ててしまう。「一体どんな神経してるのかしら」とあきれ返っちゃう。そのくせ、自分のことは棚に上げて他の男性の薄情な仕打ちを非難し、口達者にまくし立ててるんだから、全く気が知れない。

とりわけ、面倒くさそうな後見人がいない宮仕えの女なんかを口説いてものにし、女が妊娠してしまったのを「おれ、関係ないもんね」とばかりに涼しい顔している男もいるのよ！　あきれちゃうわ。

見どころ

男って、まったくしょうがないわね、といった男性批判が見どころ。図らずも、清少納言が心底男に惚《ほ》れこめない理由が分かって面白い。男性の言葉の裏を読んでしまう彼女は、男との恋に熱中できないのです。

男には口のうまさが要求された

男って、心にもないこと言って、女をうまく騙《だま》すんだから、あきれちゃう。しかも、世間で評判のいい男ほど、騙していることを女に気づかせないほど、巧みなのよ。そんな男の言葉にのっちゃあ、ダメ。あんたの悪口を他の女の前で言ってるのよ。用心しなさい。男って、みんな基本的には薄情ものよ。清少納言は、同性のために、義憤にかられさえして、まくし立てています。

でも、平安時代の結婚形態を考えた時には、男は、口がうまく言葉巧みでないと、やっていけない状況があったのです。当時は、言うまでもなく、男性は複数の妻を持つことが許されている。まあ、妻でも、正妻か妾妻かという違いはありますが、いずれにしても、複数の妻たちが、一人の男性の愛情を奪い合う形になります。男性は、これらの複数の女性たちの互いの嫉妬心をうまくコントロールし、和《なご》めていく手腕が必要になります。それぞれの女性に「おまえこそが、俺の一番の女だ」と思い込ませる技が求められていたのです。言葉巧みでないと、女たちをうまく収めることができないのです。

女である清少納言には、これがイヤでたまらない。見えすいたウソなんか言わないで、という気持ちです。真実自分だけを愛してくれる男性がほしいのですが、当時にあっては、望むべくもない。すると、不満はもっぱら男性批判に向かっていく。実は、清少納言が、紫式部のように沈思黙考型の女性であれば、当時の結婚制度そのものに対する批判になっていたかもしれません。でも、清少納言は、明るく現状を肯定しながら生きていくタイプの女性だったのです。

男って分かんない！

清少納言は、男心の不可解さを『枕草子』の随所で述べています。「男こそ、なほいとありがたく」（二五〇段）では、すごく美しい女を見捨てて、醜い女を妻にしたりする男って分かんなーい、と述べ立てています。美人で人柄もよく、教養もある女が男に粗末に扱われるのよ、そんなの認められる？　こういう男の心って分かる？　と、清少納言はわれわれ読者に話しかけてきます。

彼女によれば、男というものは、数多い女の中でも、美しい女を選んで愛するのがまっとうなのです。たとえ、高嶺《たかね》の花であっても、なんとかして我が物にしようと思うのが男というものなのです。

うーん、分かるけど、価値観はいろいろよ。醜い女でも一緒にいると、くつろげたり、楽しかったりすることもあるし。だから、……などと言っても、清少納言は受け付けません。多様な価値観などを述べようものなら、なによそれ！　ぐたぐたやこしいこと言わないで、と一蹴されるに決まっています。彼女の考え方は一直線で明快。そこが、『枕草子』の魅力なのです。美人、人柄が良い、教養がある、家柄が良い。これが愛される女の条件よ、と主張して譲ることはありません。

清少納言の男性批判は、他の章段にも出てきます。「故殿《ことの》の御服《おんぷく》のころ」（一五五段）では、男って過去のことなんて何にも覚えていやしない。女は覚えているけれどね。

「成信《なりのぶ》の中将こそ」（二五六段）では、男って人の声を聞き分けたり、筆跡を見分けたりするのが下手ね。女性はうまいのに。

清少納言の男性批判は、こうした細かいことにまでおよび、とどまるところを知りません。既成の制度を認めている以上、不満は男にぶつける以外にないのです。男性に対抗心さえ持っています。でも、彼女は男が嫌いだったわけではありません。こんなに男を批判できるということは、男に限りない興味と関心があったからこそです。

女って分からない！

『枕草子』の男性批判を読んでいると、私はすぐに鎌倉時代の『徒然草』の女性批判を思い出します。『徒然草』の作者、吉田兼好の女性批判も、なかなかのもの。一〇七段で兼好法師は、述べ立てます。

男が気にする女ってのは、どれほど立派かと思うと、いやはや「女の本性は、みなねじけている」。我欲の固まり、俗物根性丸出し、うそつき、見栄っ張り、浅知恵、必要なことを言わず、不必要なことをべらべらしゃべりまくる。「素直でなくて、つまらないものは女である」。だから、女の思うとおりになって女によく思われようとするのは、情けないことだ、と。

兼好法師の女性批判は、清少納言の男性批判と好一対を成しています。『徒然草』は、随筆文学の嚆矢《こうし》である『枕草子』を意識し、多くのものを継承しています。兼好法師は、『枕草子』の男性批判に対抗して女性批判を書いたのではないかと思われるほどです。ただし、『枕草子』の男性批判には、どこか余裕と愛嬌があるのに対し、『徒然草』の女性批判は、まじめ過ぎていささか重い。いずれにしても、批判の根っこには、異性への限りない愛着があります。

にげなきもの（四三段 部分）

靫負佐《ゆげいのすけ》の夜行姿《やこうすがた》。狩衣姿《かりぎぬすがた》もいとあ

制服でやってくる男

やしげなり。人《ひと》におぢらるるうへの衣《きぬ》は、おどろおどろし。立《た》ちさまよふも、見《み》つけてあなづらはし。「嫌《けん》疑《ぎ》の者《もの》やある」と、とがむ。入《い》りゐて空薫物《そらだきもの》にしみたる几帳《きちよう》に、うちかけたる袴《はかま》など、いみじうたづきなし。

かたちよき君達《きんだち》の、弾正《だんじよう》の弼《ひち》にておはする、いと見苦《みぐる》し。宮《みや》の中将《ちゆうじよう》などのさもくちをしかりしかな。

宮中の警備にあたる衛門府の次官の夜の見回り姿。

その狩衣《かりぎぬ》姿も皇居に似つかわしくなく、とてもお粗末。人が怖がるような正装としての赤色の袍《ほう》は、しのぶ恋路には目立ちすぎてなんともはや。巡回中と見せかけているので、女の部屋を思い切って訪れることもできず、行きつ戻りつしているのを目にするのも、吹き出したくなっちゃう。

そのくせ、人に出会うと、「怪しいものはいないか？」と公務らしいことを聞いてとりつくろう。女の部屋にもぐりこんで、いつもくゆらせてある薫物《たきもの》の香りが染《し》みた几帳《きちよう》に、ちょっと投げ掛けた白《しろ》

赤い上衣に白袴の武人姿は色気がない　「年中行事絵巻」
（田中家所蔵。中央公論新社『日本絵巻大成』巻8所収）より

袴《ばかま》なんかも、無粋で、全くどうしようもないわ。

容貌の優れた貴公子が、警察・検察などの無骨な職務の弾正台《だんじょうだい》の次官でいらっしゃるのは、とても見苦しい。美貌で風流な宮の中将が弾正台の次官でいらっしゃった時など、不釣り合いでホントにすごく残念だったもの。

見どころ

夜の忍び逢いに、不釣り合いな服装でやってくる男への非難が見どころ。おおよそ服装というのは、時と場所と場合にマッチしてはじめて、いいなあと思えるもの。なのに、よりによって優美であるべき恋の場面に、警察官の制服なんかで来る。どう

かしてない？　警察官の服装って、色気がないだけじゃあなくて、それを目にしたものに恐怖心を与えるのよ。清少納言は、男の鈍感さに非難の気持ちを全開させています。

本文の最後の「かたちよき君達《きんだち》」からの三行は、無骨な役職に似合わなかった為平親王の次男、源《みなもとのよりさだ》頼定のことを話題にしたもの。

似つかわしくない服装

この章段では、清少納言が似つかわしくないと感じたものを次々にあげています。引用したところは、女性のところに通っていく時の不釣り合いな服装に対する非難が中心。

宮中の警備にあたる武官は、清少納言がもっとも無風流な職業と考えていたもの。略式の狩衣《かりぎぬ》姿もみすぼらしいし、正式の衣装も無骨。確かに、真っ赤な袍《ほう》は、威圧感がある。下は、色気と無縁の白袴《しろばかま》。忍ぶ恋の場面にはとても不釣り合いな服装。現在で考えてみても、十分納得できます。デートの場所に、いかめしい警官服を着てカレシが現れたら、胸がキューンとなるどころか、何か取り締まられるのではないかと恐怖心に駆られます。それに、周りの人の目もみるみる変わり、恥ずかしいことこの上ない。

男は女に逢いに行く時には、無粋な制服なんか着ていってはいけないのです。まして、当時の宮中での女官たちの控え部屋は、簡単な几帳《きちょう》などで仕切られているだけ。そこに訪ねていった男性は着ていた衣装を脱いで、几帳などにふわっと掛けます。野暮ったい白袴が、かぐわしい几帳に掛けられている。限りなく不調和。

清少納言は、「心にくきもの」(一九〇段)という別の章段で、六位という低い身分があらわになる安っぽい緑衫《ろうそう》の袍が几帳に掛けられているのを見て、それを足元にまるめて隠してしまい、男が帰る時に困らせてやりたいとまで言っています。几帳に掛けられた男の衣装は、どんな身分の男が通ってくるのかを周囲に知らせることにもなります。通ってくる男の身分を隠したい女だっているのです。そんな女心も分からないで、無風流な白袴などを平気でなまめかしい几帳に掛けている男。少しは考えたらどうなの!

これが、清少納言の気持ちです。

大進生昌《だいじんなりまさ》が家に（六段 部分）

清少納言のお仕えしている中宮定子《ていし》が、お産のために大進（中宮職の三等官）生昌の家に行啓なさった。生昌の家は、門が狭く小さく車も入らないような家であった。生昌自身も、真面目一方の男で気の利いた振る舞いができずに、つぎつぎにとんちんかんな行動をしでかす。次の本文は、生昌が清少納言たちの寝ている部屋の襖《ふすま》を無断で開け、女房たちに追い返されてしまった場面。

かたはらなる人《ひと》をおし起《おこ》して、「かれ見《み》たまへ。かかる見《み》えぬもののあめるは」と言《い》へば、頭《かしら》もたげて、見《み》やりていみじう笑《わら》ふ。「あれは誰《た》そ。顕証《けそう》に」と言《い》へば、「あら

融通の利かない男

傍で寝ている女房を揺り起こして、「あれを御覧なさいよ。変なのが、こっちを窺《うかが》っているようよ」と、私が言うと、彼女は頭を上げてそちらを見てひどく笑う。私が「あなたは、誰なの？ まる見え

ず。家《いえ》の主《あるじ》と定《さだ》め申《もう》すべき事《こと》の侍《はべ》る
なり」と言《い》へば、「門《かど》の事《こと》をこそ聞《きこ》
えつれ、障子《しょうじ》あけたまへとやは聞《きこ》え
つる」と言《い》へば、「なほその事《こと》も申《もう》
さむ。そこに候《さぶら》はむはいかに、そこ
に候《さぶら》はむはいかに」と言《い》へば、「い
と見苦《みぐる》しき事《こと》。さらにえおはせじ」
とて笑《わら》ふめれば、「若《わか》き人《ひと》おはしけ
り」とて、引《ひ》き立《た》てていぬる後《のち》に笑《わら》
ふ事《こと》いみじう。あけむとならば、た

でイヤなのに」と言うと、生昌《なりまさ》は「いい
え、この家の主人として、あなたとご相
談申し上げたいことがあるのでございま
す」と答える。「『門』をもっと大きく開
けてほしいと『門』のことこそ申し上げ
ましたけど、『襖《ふすま》』をお開けくださいと
は言いませんよ!」と私が言うと、彼は
「いやあ、実はその門のことについても
申し上げたいことがあります。そちらに
お伺《うかが》いしてもよろしいでしょうか。どう
でしょうか?」と聞く。そばの女房が
「すっごくみっともないこと。お入りに
なれないに決まっているでしょう!」と
答えて、笑っているようだ。「ああ、若
い方がいらしたんですね!」と言って、

だ入《い》りねかし。消息《しょうそこ》を言《い》はむに、「よかなり」とは、誰《たれ》か言《い》はむと、げにぞをかしき。

彼は大慌てで襖を閉めて立ち去った。そのあとで、女房たちの笑うこと、笑うこと。

女性のいる部屋の襖を開けるくらいの大胆さがあるなら、まっすぐ入ってくればいいのに。入ってもいいですかと許可を求められて、「いいかも」なんて、誰が言うもんですか、まったくおばかさんね。ホントおかしかったわ。

見どころ

平　生昌《たいらのなりまさ》の行為が、無粋な男の典型のように語られ、笑われているところがポイント。引用した本文の前には、生昌の家の門が狭くて車が入れず、清少納言たち女房は建物まで筵《むしろ》を敷いた道を歩かねばならなかった。そのことをめぐって、清少納言は故事を交えて、生昌を責める。生昌は応答で知識不足を暴かれ、笑いものになっています。

引用した本文の後には、訛《なま》りの入った生昌の言葉遣い、自分の兄を自慢に思うあまりの失態など、生昌の融通の利かない言動を執拗なまでに描いて笑いものにしています。

実は、清少納言が生昌をこれほどバカにするのは、わけがあります。生昌は、中宮定子に仕える人間であるにもかかわらず、絶大な権力を持ち始めた藤原道長《ふじわらのみちなが》に寝返ったことのある人物。中宮定子は、この時、既に父の藤原道隆《ふじわらのみちたか》に死なれ、兄の伊周《これちか》は、道長に謀《はか》られて政治的に失脚、流罪になっていました。兄の伊周が流罪先から一時都に帰ってきたのを、こともあろうに、この生昌が道長に密告したのです。

生昌の兄も、定子の中宮職の長官をしていましたが、病気を理由に長官職を退職し、道長のご機嫌をとっていました。定子は、頼るべき身内をことごとく失い、帰るべき実家の邸宅も火災で焼失。だから、お産の時も、身分の低い当てにならない生昌を頼らざるを得ないほど、不遇な環境にありました。定子は、それでも大らかに優しい気持ちで、清少納言をはじめとする女房たちに、生真面目な生昌をあまり悪く言わないようにと、言い聞かせています。

清少納言は、定子の肩を持つ余り、生昌が許せなかったのです。そうした背景を考慮しても、生昌は笑いものになっても仕方がないほど、洗練されていない振る舞いをしています。

女を口説く時

ここに挙げた本文は、当時の女性を口説く時のマナーが読み取れる場面です。女の部屋に忍び入って、それから、耳元で口説くのが普通のやり方です。『源氏物語』の主人公光源氏が人妻を口説く時のように。光源氏は、まず人妻の部屋に忍び込み、目当ての女性を抱き上げ自分の泊っている部屋まで連れ出し、それから口説いています。男の侵入を防ぐためには、襖《ふすま》に鍵をかけておく必要があるのです。

この日は、清少納言たちは生昌の家に到着したばかりで、疲れていて、鍵も確認しないで寝てしまった。西側の襖に鍵はついていなかったのです。生昌は、自分の家ですから、勝手を知っている。だから、清少納言のいる部屋を勝手に開けることができた。上ずったしわがれ声で「そちらへ伺ってもよろしいでしょうか?」と何回も尋ねる声で、清少納言は目覚め、本文のような展開になったのです。

こういう秘め事をしようとするなら、ただそっと部屋に入って女に近づき、秘めやかに口説けばいいのです。すると、周りで寝ていた同輩の女房たちは、「そういうことだったの?!」と気を利かせて、距離をとってくれるはずです。

なのに、生昌ときたら、部屋の襖を十五センチほど開けて、「そちらにお伺いしてもいいですか?」なんて、大声でお目当ての清少納言に許可を求めている。おおっぴらに宣言されて、誰が「いいかも」なんて言うのか。男女の道を知らなすぎる無風流さん!

そのマヌケさ加減に、女房たちは大笑い。

生昌は、身分が高くないので、宮中に上がったこともない。女房の局《つぼね》の様子など知る由もなかった。だから、こんな無風流なことをしでかした。若い女房が傍らにいることを知って、生昌は慌てふためいて襖をピシャッと閉めて、逃げるようにそこを去っていったのです。後は、女房たちの笑いの渦。目の前に見えるように事件が展開しています。

ま、実際に生昌がそっと清少納言に近寄って口説いたとしても、口説き落とすことは、できなかったと推測されます。というのは、清少納言は、この時すでに三十四歳のおばちゃん。彼女の好きな男性は、身分も高く、知的でイケメンの若者です。五十を越したしわがれ声のダサい生昌に口説かれるはずもありません。生昌は、この調子ですと、愛の行為に及ぶ時も、『源氏物語』の中の、四角四面の官僚タイプの夕霧のように、「あなたのお許しがなければ、決して無理無体なことはいたしません」などと言って、再び無粋振りを発揮しそうです。だから、門前払いのほうが、傷つき方は少なかったといえます。

いみじうしたてて婿取りたるに（二四八段）

いみじうしたてて婿取《むこと》りたるに、ほどもなく住《す》まぬ婿《むこ》の、舅《しゅうと》に会《あ》ひたる、いとほしとや思《おも》ふらむ。

思いやりのない男

至れり尽くせりに支度をして婿を迎えたのに、その婿がほどなく通ってこなくなった。そういう婿は、お舅《しゅうと》さんに出

ある人《ひと》の、いみじう時《とき》に合《あ》ひたる人《ひと》の婿《むこ》になりて、ただ一月《ひとつき》ばかりもはかばかしう来《こ》でやみにしかば、すべていみじう言《い》ひさわぎ、乳母《めのと》などやうの者《もの》は、まがまがしき事《こと》など言《い》ふもあるに、そのかへる正月《むつき》に蔵人《くろうど》になりぬ。「『あさましうかかるなからひには、いかで』とこそ、人《ひと》は思《おも》ひたれ」など言《い》ひあつかふは聞《き》くらむかし。

会ったとき、「気の毒だ。悪かったなあ」とでも思うだろうか。どうも思っていない気がする。

ある男がとても羽振りのいい有力者の娘婿になったのに、たった一ヵ月も、ろくすっぽ通ってこないで、それっきりになってしまった。それで、その家では何かにつけて話題にして大騒ぎをし、娘の乳母《めのと》などという類《たぐい》は、婿を呪《のろ》うような不吉なことを言う者もいた。にもかかわらず、なんと婿はその翌年の春の官位決定時に蔵人《くろうど》になって出世してしまった。「『驚いたなあ。妻を捨てるような男なのに、どうして蔵人になったのか』と誰もが思っているのに」などと世間で取り沙

六月《みなづき》に人《ひと》の八《は》講《こう》したまふ所《ところ》に、人々《ひとびと》あつまりて聞《き》きしに、蔵人《くろうど》になれる婿《むこ》の、綾《りよう》のうへの袴《はかま》、黒半臂《くろはんぴ》など、いみじうあざやかにて、忘《わす》れにし人《ひと》の車《くるま》の鴟《とみ》の尾《お》といふ物《もの》に、半臂《はんぴ》の緒《お》をひきかけつばかりにてゐたりしを、「いかに見《み》るらむ」と、車《くるま》の人々《ひとびと》も知《し》りたる限《かぎ》りはいとほしがりしを、こと人々《ひとびと》も、「つれなくゐたりしものかな」など、後《のち》にも言《い》ひ

汰されているのは、当人も耳にしているでしょうよ。

六月に、あるお方が法華八講を催された。その席に、人々が集まってお説経を聞いていると、蔵人になった例の婿が法会用に衣装を調え、綾の上袴、黒い半臂《はんぴ》など、たいへん人目につく格好で現れ、元の妻の牛車《ぎっしゃ》後部の鴟《とみ》の尾というものに半臂の紐《ひも》をひっかけてしまいそうなほど近くに席を占めた。「車中の元の妻はどんな気持ちでいるだろう」と並び合わせた車の人たちの中で、事情を知った人たちは、みな元の妻に同情を寄せた。そこにいなかった人たちも「よくも男は平気でいられたものだなあ」などと後々まで

き。

なほ男《おとこ》は物《もの》のいとほしさ、人《ひと》の思《おも》はむ事《こと》は知《し》らぬなめり。

噂《うわさ》していた。

やっぱり男は、何かにつけて思いやったり、人の意中を察することに気が回らないようね。

見どころ

盛大に結婚したのに、通ってこなくなった男への世評が見どころ。結婚がうまく行かないのは、女のほうにも何がしかの原因があるものですが、ここではそれは不問に付され、一方的な男への非難となっています。男は、もう少し思いやりのある扱い方をすべきだったのです。

思いやりのない仕打ち

この手の話は、現代でもたびたび起こる悲劇のパターンですね。今で言えば、こんな話に。出世したくて仕方のない男が、いい手づるを探し回っていた。いた、いた。政界に力を持つ実力者が。男は、その実力者に取り入って、ご機嫌取りをはじめ、見事に実力者のお気に入りになった。その実力者には目の中に入れても痛くないほど可愛がっている娘がいる。実力者は、この男を娘の婿にと考え、男も承知した。結婚式は大大的に執り行われたが、男には実はほかに愛する女がいた。だから、結婚した妻のところには寄り付かない。ほしいものはポストだったから。妻の家では、世間体もあるから、大いに困った。そのうちに、人事異動が発表され、実力者が男を可愛がっていた時に推薦しておいたポストが男に舞い込むことになった。男はまんまとポストを手に入れ、愛する女と楽しく生活。妻の実家はいい面の皮となってしまったなどという話。こういう打算男は、現在でもイヤな男ですが、当時ほど世間の非難を一身に浴びるわけではありません。

『枕草子』で非難されている男は、どういう対応をすればよかったのでしょうか？　当時、男性は複数の女性を妻にすることができたといっても、法律的に認められているのは、やはり正妻一人です。あとは、社会的に認められた妾妻です。この章段の男性は、実力者の娘と正式に結婚したのでしょう。だったら、その娘が少々気に入らなくても、きちんと通い、世間体が悪くないようにとりつくろってあげる必要があったのです。

『源氏物語』の主人公光源氏は、愛する紫の上がいても、上皇からの依頼を断りきれずに、その娘である女三宮と正式に結婚しました。光源氏は、結婚してみて、女三宮の幼さに失望しますが、妻として世間体が保てるような扱いを努力してこなしています。そうすることが、「思いやり」のあることなのです。それをせずに、『枕草子』の男のように、イヤだから直ちに通わなくなる。これは、相手の女性側の面子《メンツ》をつぶします。だから、男として「思いやり」のない薄情者として非難を浴びたのです。

一言まとめ——ダメな男とは——

清少納言が、もっともイヤだと思うのは、「思いやりのない」男性。結婚したのに、妻のところに通っていかない男性に対しては、特に厳しい。

当時、結婚・離婚・再婚に関しては、男女ともにかなり自由な考え方をしていたにもかかわらず、これらで常に傷つくのは女性だからです。男性は、複数の通い所となる女性を持つことができるのですから、一人の女性とうまくいかなくても、社会的・精神的なダメージはさほど大きくはない。でも、女性にとっては、一人の男性との結婚がすべて。結婚生活がうまくいくためには、女性の忍耐が必要です。夫の背後にいる複数の女性たちへの嫉妬心を抑え続けなければならないのです。さらに、結婚生活がうまくいかない時には、精神的な悩みは大きく、社会的なダメージも大きい。女は、結婚した途端に、どちらに転んでも悩みの連続。だからこそ、男に「思いやり」を強く求めるのです。せめて、関係した女性を見捨てないような「思いやり」がほしいのです。清少納言が同性に同情的であるのは、自分をも含めて、女性が弱い立場であることを身に染みて思い知らされていたからです。

男性に複数の女性がいる状況では、現在以上に男性の一つ一つの言動が、女にとっては重い意味を持ちます。「暁に帰らむ人は」（六一段）で採り上げたように、共寝したあと、がばっと起きて、ゴソゴソバタバタと音を立てて身支度をして、あたふたと女の家を出ていくと、そうでなくても男の気持ちを信じかねているのに、それに拍車がかかります。「私のこと、愛してないのね。私よりもっと大事な女性がいるのね」と思わせ、女を不幸のどん底へ突き落としてしまうのです。女への思いやりに欠けた行為の一つです。

また、男性に複数の女性がいる状況では、男がいくら言葉巧みに言いつくろっても、女は男の愛を信じにくい。なのに、口下手ときたら、もうかなりダメな男です。恋の口説きのマナーも心得ないような男は論外です。女に恥ずかしい思いをさせる衣装しか着ていけない男も、失格。

これらの個々の言動のもとになっているのは、女への「思いやり」の有無。女への「思いやり」があってはじめて個々の言動がうまくいくのです。言うまでもないことですが、「思いやり」は、女に対した時にだけ必要なわけではありません。他者に対して持つべき「人間としての資格」です。ですから、『枕草子』は、「いみじう心づきなきもの」（二一七段）で、たった一人で悠々と牛車《ぎっしゃ》に乗って賀茂祭などの見物をしている男を非難しています。「一人で乗って見ているなんてどんな料簡の男なの！　若い従者などで見物したがっているのを一緒に乗せてやればいいじゃあないの！　みな見たいのよ。なんて心の狭い憎ったらしい男なの！」。清少納言は、他人に対する優しい心遣いのできない男を攻撃しています。ダメな男には、「思いやり」がないのです。

3　こういう女はステキ

一七一段　一九〇段
一八九段　二一段　二二段

女一人住む所は（一七一段）

女一人住《おんなひとりす》む所《ところ》は、いたくあばれて、築地《ついひじ》なども、またからず、池《いけ》などある所《ところ》も、水草《みくさ》ゐ、庭《にわ》なども、蓬《よもぎ》にしげりなどこそせねども、所々《ところどころ》、砂子《すなご》の中《なか》より青《あお》き草《くさ》うち見《み》

寂しそうな女

女が一人で住んでいるところは、寂しそうな様子であるのこそ風情があるというものよ。ひどく荒れ果てて、土塀などもところどころ壊れていて、池などがあるところも、水草が固まって生えている。庭なども、蓬《よもぎ》がぼうぼうといったほ

え、さびしげなるこそあはれなれ。物《もの》かしこげに、なだらかに修理《すり》して、門《かど》いたくかため、きはぎはしきは、いとうたてこそおぼゆれ。


どではなくても、ところどころ、庭に敷いてある砂利の間から青い雑草がほの見える。こういうのが趣がある。

　いかにもしっかり者らしく非の打ちどころなく家の手入れをし、戸締りも怠りなく、きりりとしているのは、とてもイヤだなあって思っちゃうの。

見どころ

清少納言がこうありたいという理想の女の暮らし方が述べられている点が見どころ。

実際には、彼女が言うような暮らし方は無用心。にもかかわらず、こんな侘《わび》しい暮らしぶりをなぜ褒《ほ》め称《たた》えているのか？　当時の物語を背後においてみると、謎が解けます。

物語のヒロインへの憧《あこが》れ

当時の物語では、こういう荒れ果てた邸内でうらぶれた生活をしていた女性が、高貴な男性に見出され、幸せになるといったストーリーのものが多いんですね。

たとえば、平安前期にできた『大和物語』には、荒れ果てた邸内に侘しく住んでいた女性が、雨宿りに入ってきた貴公子良岑少将《よしみねのしょうしょう》に見出され、契りを結んで幸せになるという話が出ています。同じく平安前期の長編『宇津保《うつほ》物語』の冒頭の話も、何不自由なく育てられた姫君が、両親に死なれ、荒れ果てた邸宅でみじめな生活をしていた。その邸宅に貴公子藤原兼雅《ふじわらのかねまさ》が紛れ込み、姫君を見出し、仮初めの契りを結ぶ。姫君は、その契りで身ごもり、一人で子供を育てるが、のちに兼雅に再会し、正妻として迎えられるという話。

『源氏物語』でも、両親に死なれた末摘花《すえつむはな》が不如意な生活をしているが、光源氏に見出され、生活の援助を受けるようになり、彼女なりの幸せを獲得していく。こうした物語の姫君たちのサクセスストーリーは、清少納言をはじめとする当時の女性たちの憧れになっていたのです。

女性ばかりではなく、男性も、うらぶれた境遇にいる、血筋のいい清らかな乙女を見出したいと思っています。『源氏物語』の「帚木《ははきぎ》」の巻で、左馬頭《さまのかみ》という、相応の身分のある男性が、さびしげな邸宅にかわいらしい娘さんが一人で住んでいるのこそ、この上なくめずらしくて心惹《ひ》かれると述べています。

現在だって、この種の憧れは、みんな一度は思い描いたことのあるものです。シンデレラのように、王子様に見初められ、今の境遇からグレードアップできたらなあ。誰しも多かれ少なかれ抱く気持ちです。だから普遍性がある。『枕草子』の魅力がここにも現れています。

心にくきもの（一九〇段 部分）

心《こころ》にくきもの　物《もの》へだてて聞《き》くに、女房《にょうぼう》とはおぼえぬ手《て》の、しのび

ゆかしさを感じさせる女
　奥ゆかしいもの。物を隔てて聞いていると、女房とは思われない人が、人を呼

やかにをかしげに聞《きこ》えたるに、こたへ若《わか》やかにして、うちそよめきてまゐるけはひ。物《もの》のうしろ、障子《しようじ》などへだてて聞《き》くに、御物《おもの》まゐるほどにや、箸《はし》、匙《かい》など取《と》りまぜて鳴《な》りたる、をかし。ひさげの柄《え》の倒《たお》れ伏《ふ》すも、耳《みみ》こそとまれ。

よう打《う》ちたる衣《きぬ》の上《うえ》に、さわがしうはあらで、髪《かみ》の振《ふ》りやられたる、長《なが》さおしはからる。

びよせる手の音をさせている。ぽんぽんと静かに上品に叩くのが聞こえたかと思うと、若々しい声の返事があって、そよそよと衣擦《きぬず》れの音をさせて女主人の傍らに参上する気配。物の後ろとか、襖越《ふすま》しに聞いていると、お食事をなさっているのか、箸《はし》の音、匙《さじ》の音など色々取り混ぜて聞こえるの。いいわね。ひさげ（金属性の急須のようなもの。酒などを暖める）の取っ手が横倒しになってぽんと縁にあたる音も、「あら」と耳に残るわ。

よく打って艶を出した衣の上に、髪がさっと振りやられた時も、その音で髪の長さが分かっちゃう。

見どころ

優雅な女主人と使われている女房との呼吸のあったところを、音を通して描き出しているところが、ポイント。実際に目に見える光景ではなく、すべて物音から推し量られる状況を清少納言は見事に写し出しています。

清少納言のみならず、当時の人々は、今よりもずっと物音に敏感でした。でも、清少納言は、物音に鋭敏であったばかりではなく、物音から見えない状況を想像していく力が並みはずれていたのです。

想像力をかきたてる音

女主人が静かにぽんぽんと手を叩く。すると、若々しい答えがしてそよそよと衣擦《きぬず》れの音をさせながら女主人の近くに行く。さらに物音に神経を集中させると、どうやら食事をなさっているらしい。箸《はし》やしゃもじの触れ合う音がしのびやかにする。ひさげの取っ手が倒れる小さな物音さえ、はっきり聞こえるほどの静けさ。前に垂れ下がってきた髪を後ろに払いのける音がする。「ああ、あの音はこのくらいの長さの髪ね。着ている着物は打衣《うちぎぬ》ね」と清少納言は推し量れるんですね。ここまでくると、独特の想像力です。目隠しをされて、その音が何の音であるかを言い当てるのがうまい人がいますが、彼女は、まさにそういう人。聴覚の記憶力がすぐれている。だから、音を聴いただけで、見えない状況を想像できる。

このほか、この章段では、想像力をかきたてる音として、寝静まった時に微かに聞こえるしのびやかな人声、碁石を片付けるひそやかな音、火箸を灰にたてる小さな音、夜参上する新参の女房の衣擦れの音、などが挙げられています。

清少納言の好きな音

こんなに聴覚の鋭い清少納言だからこそ、好きな音・嫌いな音がはっきりしています。好きな音は、この章段からも推測されるように、小さな微かな音。耳をそばだてるようにして聴く音に、彼女は惹《ひ》かれます。想像を膨らませて聴ける、わずかな音が、彼女の好み。

楽器でも、細く高く澄んだ横笛の音色は好きですが、下品で濁って大音の篳篥《ひちりき》の音色は大嫌いです。秋の虫でたとえれば、箪篥は「クツワムシ」。「うたてけ近く聞かまほしからず（＝不愉快で身近に聞きたくないわ）」「うるはし髪持たらむ人も、みな立ちあがりぬべき心地すれ（＝きちんと整った髪を持った人も、髪の毛が逆立ってしまいそうな気がする）」（二〇五段「笛は」）と述べています。人の声でも、ドラ声は大嫌い。ドラ声の人が遠慮なく話したり笑ったりしている姿にも、清少納言はご立腹。

野分《のわき》のまたの日こそ（一八九段 部分）

いと濃《こ》き衣《きぬ》のうはぐもりたるに、黄《き》朽葉《くちば》の織物《おりもの》、薄物《うすもの》などの小袿着《こうちきき》て、まことしう清《きよ》げなる人《ひと》の、夜《よる》は風《かぜ》のさわぎに、寝《ね》られざりければ、

絵になる女

本当に綺麗《きれい》な人が、とても濃い紅の袿《うちき》で光沢がおちたのに、黄朽葉《きくちば》の織物や薄い織物の小袿《こうちき》を着重ねている。その人は、夜風がすごくて眠れなかったので、ずいぶん寝過ごしてから目を覚まし、起

久《ひさ》しう寝起《ねお》きたるままに、母屋《もや》より、すこしゐざり出《い》でたる、髪《かみ》は風《かぜ》に吹《ふ》きまよはされて、すこしうちふくだみたるが、肩《かた》にかかれるほど、まことにめでたし。物《もの》あはれなるけしきに、見出《みい》だして、「むべ山風《やまかぜ》を」など言《い》ひたるも心《こころ》あらむと見《み》ゆるに、十七、八ばかりやあらむ、小《ちい》さうはあらねど、わざと大人《おとな》とは見《み》えぬが、生絹《すずし》の単衣《ひとえ》の、いみじうほ

きぬけで母屋《おもや》から少し外ににじり出ている。髪が風に吹き乱されて少し膨《ふく》らんで肩にかかっている様子が、すごく魅力的。

その女性が感に堪《た》えないといった表情で庭を眺めて「むべ山風を」などと言っているのも、教養のある人らしいわね。だって古今集の歌を口ずさんでいるんですもの。

その女性の前に、十七、八歳ぐらいね、小さくはないけれど、かといって大人とも見えない少女が出てきた。少女の着ている生絹《すずし》の単衣《ひとえ》は、あちこちほころんでおり、薄藍色《うすあいいろ》もあせてしっとりしている。その上に、薄紫色の宿直着《とのいぎ》をはお

ころび絶《た》え、花《はな》もかへりぬれなどしたる、薄色《うすいろ》の宿直物《とのいもの》を着《き》て、髪《かみ》、色《いろ》に、こまごまとうるはしう、末《すえ》も尾《お》花《ばな》のやうにてたけばかりなりければ、衣《きぬ》の裾《すそ》にかくれて、袴《はかま》のそばそばより見《み》ゆるに、童《わらわ》べ、若《わか》き人々《ひとびと》の、根《ね》ごめに吹《ふ》き折《お》られたる、ここかしこに取《と》りあつめ起《おこ》し立《た》てなどするを、うらやましげに押《お》し張《は》りて、簾《す》に添《そ》ひたるうしろでもをかし。

っている。髪はつややかにきちんと手入れが行き届き、毛先もススキのように広がり、ちょうど背丈と同じくらいの長さなので、着物の裾《すそ》に隠れてはいるけれど、袴《はかま》の襞《ひだ》の間からのぞいて見える。

少女は、女の子、若い女房たちと、根こそぎ風に吹き折られた前庭の植木をあちらこちらに寄せ集めたり、倒れている植物を起こしたりする。その様子を先ほどの綺麗な人がうらやましそうに簾《すだれ》を外の方に押し張って身を乗り出して見ている後ろ姿。すてきねえ。

見どころ

台風一過の状況を、覗《のぞ》き見の視点からとらえて描写しているところが見どころ。それは、あたかも遠近法を使った近代絵画を思わせます。遠景は、庭に出て実際に草木の手入れをしている女性たち。中景はそれを室内から見ている優雅な女性の後ろ姿。近景はその後ろ姿の女性をさらに後ろから見つめる清少納言。つまり、清少納言が覗き見をしたかのような場面描写になっているのです。

なお、優雅な女が口ずさんだのは、『古今和歌集』の文屋康秀《ふんやのやすひで》の「吹くからに 秋の草木のしをるれば むべ山風を 嵐といふらむ（＝吹くと同時に秋の草木がしおれるので、なるほど「山」「風」と書いて「嵐」というのか）」という歌の一句です。「山」と「風」を合わせると、「嵐」という字になるという、機知をきかせた歌です。

台風の翌朝は感動的

台風の翌朝は、昨日吹き荒れたことがウソのように、空は青く澄み渡り、草々は露を葉に浮かべ、それがきらきらと太陽にかがやく。現在でも、台風が去った後のさっぱり感はよくわかります。平安時代は、今よりもずっとヤワな建物ですから、台風をとにもかくにもやり過ごした後の安堵感《あんど》は、今と比較にならないほど大きかったと思われます。

『源氏物語』でも、「野分《のわき》」の巻には、台風直後の感動的な場面が展開しています。しかも、『枕草子』のこの章段に類似の構図なんです。『源氏物語』では、台風の翌朝、風で開け放たれた隙間から、美しい継母の紫の上を、光源氏の長男夕霧が垣間見てしまう場面となっています。夕霧の後ろにはそれを見ている語り手がいる。『枕草子』の構図と似ていますね。『源氏物語』の作者紫式部は、『枕草子』のこの章段の構図をたくみに取り入れたのではないかと思えるほどです。

覗き見の構図

清少納言は、実にしばしば覗き見の視点をとる場面描写を行っています。たとえば、「常に文おこする人の」（二七五段）の章段。恋人から来た手紙を、灯火をつける時間ももどかしいのか、火鉢の火を挟み上げてその明かりで文面をたどたどしく読んでいる女の姿が描かれています。これは、まさに一幅の絵画になります。炭火をかざし、頭を傾《かし》げ、手紙を読む女の図です。そして、重要なことは、その女の姿を見ている清少納言が近景にいることです。覗き見の視点をとった場面描写です。

「成信《なりのぶ》の中将は」（二七四段）には、廂《ひさし》に差し込む月光で恋文を読む女の姿が描かれています。恋文の紙の色は赤、そこに黒い墨で「あらずとも」とだけ書かれている。月光は黄色みを帯びている。赤、黒、黄色と、色彩もすこぶる豊か。この光景を見ている清少納言が近景にいる。これも、覗き見の視点をとった場面描写です。清少納言の場面描写は、実に色彩も豊かで一幅の絵になる。しかも、その構図は、遠近法を感じさせる覗き見の視点をとることに特色があります。

清涼殿の丑寅《うしとら》の隅の（二一段 部分）

清少納言のお仕えする中宮定子《ていし》のところに、一条天皇がおいでになった。その時に定子が女房たちに語って聞かせた宣耀殿《せんようでん》の女御《にょうご》のエピソード。以下の文は、中宮定子の語り。

「村上《むらかみ》の御時《おおんとき》に、宣耀殿《せんようでん》の女御《にょうご》と聞《きこ》えけるは小一条《こいちじょう》の左《ひだり》の大殿《おおいどの》の御《おん》むすめにおはしけると、誰《たれ》かは知《し》りたてまつらざらむ。まだ姫君《ひめぎみ》と聞《きこ》えけるとき、父《ちち》おとどの教《おし》へきこえたまひけることは、『一つには御手《おんて》を習《なら》ひたまへ。次《つぎ》には琴《きん》の御琴《おんこと》を、人《ひと》よりことに弾《ひ》きまさらむとおぼせ。さては古今《こきん》の歌《うた》二十巻《はたまき》をみな浮《う》かべさせたまふを御学問《ごがくもん》にはせさせたまへ』

教養のある女

「村上天皇の御世《みよ》に、宣耀殿《せんようでん》の女御《にょうご》と申しあげた方は、小一条の左大臣のお嬢様でいらっしゃったと、誰でも存じ上げてるでしょう？

その方が、まだ姫君と申し上げたころ、お父様の大臣がつねづね『第一に、お習字の稽古をなさい。次には、七弦の琴を、人よりも格別に上手に弾こうと心がけなさい。さらに、古今和歌集二十巻の歌を全部暗誦《あんしょう》なさることを御学問としてはげみなさい』とお教えなさった。村上天皇はそのことをお聞きになっていて、物忌みであらせられた日、古今和歌集を持って宣耀殿の女御のところにおい

となむ聞《きこ》えたまひけると、聞《きこ》しめしおきて、御物忌《おんものいみ》なりける日《ひ》、古今《こきん》を持《も》てわたらせたまひて、御几帳《みきちょう》を引《ひ》きへだてさせたまひければ、女御《にょうご》、例《れい》ならずあやしとおぼしけるに、草《そう》子《し》をひろげさせたまひて、『その月《つき》、何《なに》のをりぞ、人《ひと》のよみたる歌《うた》はいかに』と問《と》ひきこえさせたまふを、かうなりけりと心得《こころえ》たまふもをかしきものの、ひが覚《おぼ》えをもし、忘《わす》

でなさった。そして女御との間に御几帳《みきちょう》を置いて仕切りをおつくりになる。女御は、『いつもと違って変だわ』と思っていらっしゃる。すると、天皇は冊子をお開きになって、女御におたずねになる、『その月の、何とかの折に、だれだれが詠んだ歌は、何だね？』。女御は『ああ、古今和歌集の歌をどのくらい覚えているかのテストだったのね』と合点なさって面白がりなさった。

　でも、一方では『覚え誤りがあったり、忘れたところがあったりしたら、大変だわ』と、きっとひどく困惑なさったでしょうね。天皇は、和歌の方面に詳しい女房を二、三人ほど前にお召しになっ

れたるところもあらば、いみじかるべき事《こと》と、わりなうおぼし乱《みだ》れぬべし。その方《かた》におぼめかしからぬ人《ひと》二、三人《にん》ばかり召《め》し出《い》でて、碁石《ごいし》して数置《かずお》かせたまふとて、強《し》ひきこえさせたまひけむほどなど、いかにめでたうをかしかりけむ。御前《おまえ》に候《さぶら》ひけむ人《ひと》さへこそ、うらやましけれ。せめて申《もう》させたまへば、さかしうやがて末《すえ》まではあらねども、すべ

て、碁石を置いて誤りの数を数えさせなさるというので、女御に無理にお返事をなさるように申し上げなさった。そんなご様子など、どんなにかすばらしく風情があったことでしょうねえ。おそばに控えて拝見していたような人までがうらやましいことよ。

無理に答えさせなさるので、女御は利口ぶって終わりの句まですらすらお答えになるというふうではないけれど、これっぽっちも間違えなかったんですって。天皇は『どうにかして間違いを見つけてこの競技を終えよう』と、悔しいくらいにお思いになって、とうとう十巻までできてしまった。『まったく試験はむだだっ

てつゆたがふ事《こと》なかりけり。いかでなほすこしひが事《ごと》見《み》つけてをやまむと、ねたきまでにおぼしめしけるに、十巻《とまき》にもなりぬ。『さらに不用《ふよう》なりけり』とて、御草子《おんそうし》に夾算《きようさん》さして、大殿籠《おおとのごも》りぬるも、またいめでたしかし。」

たなあ』とおっしゃって、冊子に栞《しおり》を挟んで閉じ、女御とお休みになってしまわれたのも、すばらしいことですね。」

（この後も中宮の語りはつづく。その内容は、天皇がさらに残りの十巻のテストも引き続き行ったけれど、女御は一首も間違えずに答えた、というもの。）

見どころ

当時有名だった宣耀殿《せんようでん》の女御《にようご》のエピソード。この話は、平安時代後期の歴史物語『大鏡』にも記されており、当時の人々をうならせた話。宣耀殿の女御は、藤原師尹《ふじわらのもろまさ》の長女芳子。大変髪の毛が長く、目じりの下がった愛嬌のある顔立ちだったことが『大鏡』に記されています。

和歌を覚えるのが当時の女性の教養とはいえ、上の句を言われて、それにつづく下の句を答えるのさえ、かなりの記憶力を要求されます。現に、ここに引用した中宮の語りの直前に、女房たちは中宮から『古今和歌集』の歌の暗誦テストを受けています。上の句を出題され、下の句を答えるという形式です。清少納言を含む女房たちは、それですら満足に答えられなかったことが記されています。

宣耀殿の女御の場合は、さらに難易度の高いテスト。「いつ、どんな時に、だれそれが詠んだ歌は？」と聞かれて、その歌を答えなければならないのです。一首一首の内容まで深く理解していなければ、とても答えられない。『古今和歌集』に載っているおよそ千百首の歌を丸暗記しているだけでは答えが出てこない質問です。だから、皆、感服し、逸話として伝えられたのです。

当時の女性の教養

当時の女性が習得しなければならないものは、どんなものであったか？　宣耀殿の女御のお父さんの言葉に言い表されていますね。第一に文字を上手に書くこと。第二に楽器を上手に弾くこと。特に難しい七弦の琴《きん》の琴《こと》がうまく弾けること。第三に、『古今和歌集』の歌を完全にマスターすること。

達筆の文字は、男性との手紙のやりとりに必須であり、男性をひきつけるための手段です。楽器は、管弦の催しの多かった当時においては必須習得科目。楽器が弾けなければ惨めな思いをするだけです。

習字も楽器も、実用の目的を持ったものですが、和歌の暗誦は、教養科目。父親が「学問」と言っているように、和歌の内容理解は、深い教養だったのです。和歌の内容理解を通して、人の心を理解し、それを自分の感動体験の一つにしていくための手立てでもあったのです。単に作歌の技術の習得やとっさに気の利いた歌を詠むための知識にするだけではないのです。

和歌は、当時、第一の芸術として社会的に高い評価を受けていました。物語よりも地位は高いんですね。和歌の深い内容理解を通して、女性たちは他人の感情の動きを追体験し、生き方を学ぼうとしたのです。ちょうど、現代人が小説から他者の人生を追体験することによって、成長していくように。

生ひさきなく、まめやかに（二二段 部分）

生《お》ひさきなく、まめやかに、えせざいはひなど見《み》てゐたらむ人《ひと》は、いぶせくあなづらはしく思《おも》ひやられて、なほ、さりぬべからむ人《ひと》のむすめなどは、さしまじらはせ、世《よ》のあ

キャリアのある女

将来性がなく、ただまじめに小さな幸福などを本物の幸福と思って暮らしているような女性は、私にとっては、うっとうしく軽蔑すべき人のように思われる。やっぱりしかるべき身分の人の娘さんなどは、宮中に出仕させ、世間の様子も見

りさまも見《み》せならはさまほしう、内《ない》侍《し》のすけなどにてしばしもあらせばやとこそおぼゆれ。宮仕《みやづか》へする人を、あはあはしうわるき事《こと》に言《い》ひ思《おも》ひたる男《おとこ》などこそ、いとにくけれ。

――(中略)――

上《うえ》などいひて、かしづきすゑたらむに、心《こころ》にくからずおぼえむ、ことわりなれど、また内《うち》の内侍《ないし》のすけな

習わせたいし、典侍《ないしのすけ》などになってしばらくでも経験を積ませたいものだとこそ思うのよ。

宮仕えする女性を軽薄なもののように言ったり、よくないことのように思っている男たちって、憎らしくてならないわ。

宮仕え経験者を「奥様」などと言って、大切に迎えたような時、奥ゆかしさを感じないのはもっともだけれど、一方では、内裏《だいり》の典侍などとして、ときどき

どいひて、をりをり内《うち》へまゐり祭《まつり》の使《つかい》などに出《い》でたるも、面立《おもだ》たしからずやはある。

さて籠《こも》りゐぬるは、まいてめでたし。受領《ずりよう》の五節《ごせちい》出だすをりなど、いとひなび、いひ知《し》らぬ事《こと》など人《ひと》に問《と》ひ聞《き》きなどはせじかし。心《こころ》にくきものなり。

出仕して賀茂祭の使いなどで行列に加わったりするのって、夫としてすごく晴れがましいことじゃあない？

そうした経験を積んだ上で家庭に落ち着いたのは、一層すばらしい。受領《ずりよう》が五《ご》節《せち》の舞姫を出さなくてはならない時など、奥さんがそういう人なら、万事心得ているから頼もしいのよ。すごく田舎者めいて、言い慣れない口上なんかを他人に尋ねたり聞いたりして恥をかくようなまねをしなくてすむんですから。そういうのをほんとに奥ゆかしい妻って言うのよ。

見どころ

女性も、宮仕えという職業を経験し、識見を広めてから、家庭におさまるのが理想的という、清少納言のキャリア志向が見どころ。

ここに述べられている清少納言の主張は、現在にも通用するところが貴重。現代にしてみると、「女性たるものは、一度就職して社会人の経験を積んだ方がいい。後に結婚して退職することになっても、機会を見て再び社会に出ようとするのがいい」となります。

何と現代的なのか!

一千年も昔にこんなことをきっぱりと言い切っている清少納言に拍手したくなります。平安時代に宮仕えを礼賛している記述は、実はあまり見られません。おなじく宮仕えをして『紫式部日記』を残した紫式部は、宮仕えで鬱屈《うっくつ》した惨めさを味わっています。『更級日記《さらしなにっき》』の作者菅原孝標女《すがわらのたかすえのむすめ》もほんの少しだけ宮仕えをしましたが、すぐに辞めてしまっています。ともに宮仕え礼賛どころか、イヤで仕方がなかったようです。

そうした中にあって、清少納言の主張はかなり珍しい。彼女の気質が、職業婦人に向いており、勤めることのつらさよりも、勤めることによって得られる豊かな体験の方により多くの喜びを感じ取れたのでしょう。彼女は自信を持って、平安時代の貴族の娘たちに宮仕えの効用を説いています。中略したところも含めて、清少納言の言いたいことをまとめると、こんな意見になります。

夫にひたすら従っているような生き方はつまんないでしょ？　出仕すると、見聞が広くなるわよ、何しろ話をする相手がすごいエリートばっかりよ。知識も広がるし、社会的な観点からの判断もできるようになるわよ。家庭に入る前に、宮仕え経験を持ちなさいね。

男の中には、宮仕えする女を嫌うのもいるけど、そういう男は器が小さい、小さい。宮仕えをすると、顔なんかを大勢の人前にさらすことになって、初々しさがなくなるから、その点が男から見てきっと嫌なのね。奥様は、屋敷の奥にいて、自分しか顔を知らないのがいいなんて思っている男は、どうしようもないわね。そんな男、気にすることないわよ。うぶじゃあないかもしれないけれど、宮仕えをしておくと、社会常識があるから、儀式の時なんかものすごく頼りになる女になるのよ。その上、時々典侍《ないしのすけ》の地位で内裏《だいり》に出仕したりする。そういうのって、めちゃくちゃかっこいいわよ。清少納言は、こうまくし立てています。彼女の主張は、今日のキャリア女性の言いたいことを見事に言い切ってくれています。彼女が、女性に支持される理由は、こんなところにもあるのです。

一言まとめ――こういう女はステキ――

清少納言が、かっこいいと書いた男性を思い出してみましょう。①優雅な振る舞いをする男、②機転の利く男、③ファッションセンスのある男、④芳香を漂わす男、⑤容貌の良い男、⑥出世する男。こういう男たちに、彼女はぽーっとしていました。

では、女性については、どうでしょうか？　清少納言がステキだと思うのは、どんな女性だったのか？

「絵になる女」を清少納言はあげていました。「絵になる女」とは、容姿が良くて、ファッションセンスがあり、振る舞いが優雅な女のことです。だから、絵になる。とすると、かっこいい男性の条件のうち、①③⑤は、いい女にも当てはまる条件になっています。また、清少納言は「キャリアのある女」もかっこいいと言っていました。キャリアも、ただの宮仕えではなく、「典侍《ないしのすけ》」になることを求めていました。「典侍」は、内侍《ないしの》司《つかさ》の第二等の官位です。第一等は「尚侍《ないしのかみ》」、第二等が「典侍」、第三等が「掌侍《ないしのじょう》」。中流貴族出身の女性にとっては、「典侍」が憧れの地位なのです。「掌侍」でもいいのです。清少納言もうまい連歌の賞として、男たちに「あなたを『掌侍』に推薦しよう」と言われて大いに気をよくしています（「二月つごもりごろに」一〇二段）。女も、宮仕えして出世することがすばらしいと思っていたのです。だから、男性の⑥の条件も、女に当てはまります。

また、清少納言は「教養のある女」を理想的な女として推挙していましたが、それは、男性の「②機転の利く男」に共通しています。時宜を計って女にふさわしい歌を贈ることのできる男は、さまざまの歌を知っており、教養満点なのです。女も、男と同じく教養がなければ、いい女にはなれないのです。

なお、かっこいい男の条件に「④芳香を漂わす」がありましたが、これは、女の場合言わずもがなの最低条件。女たちは、常に衣装に香を薫《た》き染《し》め、かぐわしくあろうと努力しています。

こうして見ると、かっこいい男であるための条件は、そのまま女にも当てはまることが分かります。ただし、女については、男には言わなかった条件が一つあります。それは、「ゆかしさを感じさせる」ことです。清少納言は、同性の振る舞いには、男性以上に興味を惹《ひ》かれています。身近にいて、気になる存在だからです。かすかな物音がする。「あら、何の音？」と、彼女はただちに耳を澄まし、物音のする方向に目を向けます。できたら、覗《のぞ》いてみたいとすら思っています。覗き見できないと、想像力を膨らませます。ははん、ご飯を食べているのね。それにしても奥ゆかしい女主人と女房たちね。ひそやかな音を立てるだけで、万事がすすんでいくんですもの。

「寂しそうな女」も、清少納言の興味をおおいにそそる存在です。こんな荒れ果てた邸宅に住んでいる女って、どんな境遇の女なの？　男はいないの？　夫と死に別れたの？　ホントに一人ぼっちなの？　清少納言は中に入って覗いてみたいほど興味が掻き立てられてしまうのです。想像力を刺激する女、これも彼女の気に入りの女なのです。

4　こういう女は見苦しい

一二一段　四三段

むとくなるもの（一二一段 部分）

人《ひと》の妻《め》などの、すずろなる物怨《ものえん》じなどして隠《かく》れたらむを、「かならずたづねさわがむものぞ」と思《おも》ひたるに、さしもあらず、ねたげにもてなしたるに、さてはえ旅《たび》だちゐたらね

嫉妬深い女

人の妻などが、確証もないのにつまらぬやきもちなど焼いて、家出して雲隠れした。「私がいないと、あの人、大騒ぎで探すに違いないわ」と思っているのに、ご主人の方はそんな気配もなく、癪《しゃく》に障るほど平然とした態度を見せている。妻の方は、そんなふうにしてずっと

ば、心《こころ》と出《い》で来《き》たる。

よその家に身を寄せていることもできないので、自分からのこのこ戻ってくる。
カッコわるーっ！

見どころ

現在にも通じる女性の家出のパターンが描かれていて面白い。当時、男性は複数の妻を持つことが許されているとはいえ、女性から見ると、自分一筋だった男性が途中から他の女性に心を分けるのは、浮気行為。だから、激しい嫉妬心を燃やす。むろん、本当に他に女性がいるわけではない場合もあります。

この章段の場合は、後者らしい。夫は、やましくないから、落ち着き払っている。妻の方は、夫の平然振りに耐えかねて、自分から家に戻ってくる。清少納言は、これを「むとくなるもの（＝体裁の悪いもの）」と言い切っています。家出をする時には、初志貫徹の覚悟でしなさいよ。そうでない時は、家出なんてしない方がいいわよ、という気持ちです。

妻の家出・出家

『源氏物語』には、この章段の話を具体化したような夫婦が登場します。夕霧と雲居雁《くもいのかり》夫妻。夕霧は、光源氏の息子。でも、光源氏とは違って、真面目一徹。妻の雲居雁を一筋に愛し続けて中年になった。ところが、中年になって、未亡人の落葉宮《おちばのみや》に恋をした。妻とは違った雅《みやび》やかな魅力にひかれたのです。雲居雁は、そんな夫に腹を立て、実家に帰ってしまう。でも、夕霧は落ち着いたもの。複数の妻を持つのは、男であれば当然のことだと主張する。雲居雁は、夫の居直りになす術《すべ》もなく、のこのこと家に戻ってきた、という話。

夫の浮気に対抗する手段として、現在と違っているのは、尼になってしまう場合のあること。『蜻蛉日記《かげろうにっき》』の作者藤原道綱《ふじわらのみちつな》の母は、夫・兼家《かねいえ》の浮気に耐えかねて、西山の般若寺にこもった。尼になろうと思っているのです。夫が迎えに来ても頑として動かない。でも、夫の再三の迎えや親族の説得にあって、作者は出家を思いとどまり下山します。夫はほっと一安心。そして、作者に「尼帰る（雨蛙）」とあだ名をつけてからかっています。尼になるはずの人がまた普通の結婚生活に戻ったからです。『源氏物語』の「帚木《ははきぎ》」の巻には、一時の嫉妬心から、愛情深い男を置き去りにして雲隠れし、男の気持ちを試すうちに、引っ込みがつかなくなって尼になってしまう話が出てきます。尼になってから、男の深い愛情を耳にして後悔して泣きべそをかいた女の話です。

一夫一婦制が基本の現代に比べて、当時は数倍女性が不利な立場にありました。嫉妬心に苦しめられるのは、ひたすら女性。そうした状況から逃れたくて尼になる女性もたくさんいたのです。

にげなきもの（四三段 部分）

また老《お》いたる女《おんな》の、腹高《はらたか》くてありく。若《わか》き男《おとこ》持ちたるだに見苦《みぐる》しき

年不相応な女

年取った女がみごもって大きなお腹であちこち動きまわるのって、似合わな

に、こと人《ひと》のもとへ行《い》きたるとて腹《はら》立《だ》つよ。老《お》いたる男《おとこ》の寝《ね》まどひたる。また、さやうに鬚《ひげ》がちなる者《もの》の椎《しい》つみたる。歯《は》もなき女《おんな》の梅食《むめく》ひて酸《す》がりたる。下衆《げす》の、紅《くれない》の袴着《はかまき》たる。このごろは、それのみぞあめる。

い。いい年をして、若い夫を持っているのさえ見苦しいのに、「他の女のところに通っている」といって夫を責めたてやきもちを焼いているんだから、あきれちゃうわ。

年取った男がねぼけているのもいやね。また、そんなふうに年老いて鬚《ひげ》の長く伸びてる男が椎《しい》の実を拾って食べてるのも似合わない。

歯もない老女が梅干を食べて「おお、すっぱい」と口をすぼめているのもいいもんじゃあないわ。身分の低い女が、女官をまねて紅《くれない》の袴《はかま》なんかはいちゃってるのも、ちぐはぐでよくないわ。このごろはみな、そんな装《なり》のようだけれど。

見どころ

清少納言が、不釣り合いと感じられるものをあげているところが見どころ。彼女は、老人と身分の低いものが大嫌いです。

老いた女と身分の低い女

清少納言は、女に限らず男でも年寄りが嫌い。年老いた男が寝ぼけていたりすると、「いいかげんにしなさいよ。年取ったら、目ざといものでしょうに！」と、どやしかねません。あるいは、鬚《ひげ》を長くして立派そうにしている老人が椎《しい》の実を食べていたりすると、「椎の実の拾い食いなんて、分別のある大人のすることじゃないでしょ！」と叱責しかねません。

まして、年増《としま》女が若い男を夫に持って、妊娠していたりする姿を見ると、ムカッとします。「まあ、いい年してみっともないわね。おまけに、夫が他の女のところへ通って行くからって、やきもち焼いて。夫が他の若い女性のところに通うのは当然じゃあないの。あんたみたいなおばちゃんで満足するわけないでしょ！」なんて言わんばかりです。

また、身分の低いものに対する優越感はちょっとすごい。ここには原文を掲載しませんでしたが、この章段では、身分の低いものの家に美しい雪が降りかかったり、月光が差し込んでいるのさえ、「不調和よ！」と憤慨しています。優美な自然現象は、貴族たちの占有物。身分の低いものの家にも公平に雪が降ったり、月光が差し込んだりするのは、許せないのです。まして、身分の低い女が、女官をまねて紅《くれない》の袴《はかま》をはいたりするのはもってのほかと感じるのです。

こうした老人や身分の低さを蔑視する感覚は、当時の貴族階級の人たちが、多かれ少なかれ抱いていた意識。『源氏物語』でも、老女になっても男好きな源内侍《げんのないしのすけ》を笑いものにしていますし、育ちの悪い近江君《おうみのきみ》も高貴な貴族たちの嘲笑《ちようしよう》の対象になっています。

清少納言は、そうした貴族たちの持つ特権意識を丸出しにしているところが珍しい。そして、その露骨さが現代人から不快だと思われる原因にもなっています。現在では、いくつになっても異性に興味を示すことは、若さの秘訣であって好ましい。ましてや、若い男を夫にする女性は、うらやましがられる存在。また、現在では、たてまえ上、すべての人間は平等です。だから、いかなる人間に対しても蔑視はしてはならないのです。価値観の違いに、時代の隔たりを感じさせる章段になっています。

一言まとめ――こういう女は見苦しい――

清少納言がかっこ悪い女としてあげていたのは、①嫉妬深い女、②いい年をしているのに若い夫を持ち、みごもっている女、③身分が低いのに、身分のある女官の服装を真似ている女、です。

なぜ、彼女はこれらの女たちに嫌悪感をあらわにしているのでしょうか？　考えてみると、これらの女たちは、いずれも、平安時代の社会制度をおびやかしかねない存在なのです。①嫉妬深い女は、当時の複数の妻を持つことが許されている結婚制度を破壊しかねない。それぞれの女たちが嫉妬心を抑え、仲良くやる術《すべ》を身につけてこそ、この制度はうまく機能するのです。過剰な嫉妬は、女を出家に追いやったり、男を苦しめたりして、制度をむしばむ力になってゆきます。

さらに、②いい年の女は、そうでなくても競争の激しい女同士の戦いを激化させる存在です。若い女たちだけでも、一人の男をめぐって水面下で熾烈《しれつ》な戦いを展開しているのに、そこに年増女が加わった日には、競争激化は避けられません。年増女は戦列からはずれていてほしい存在なのです。

また、③身分が卑しいのに、高い身分の女と同じ装いをするのは、身分制度そのものが侵される気がするのです。身分の低い女には、それ相応の身なりをしてほしいのです。

こうして、清少納言が「見苦しい女」としてあげているものを検討してみると、清少納言の考え方が浮き彫りになってきます。清少納言は当時の社会制度に疑念を抱くことはない。むしろ、その制度を守ることに加担する人間。つまり、彼女は徹底した現状肯定派の人間。そこが、大衆に受ける要素でもあるのです。

5　男と女はこうありたい

七〇段　七三段　四七段

しのびたる所にありては（七〇段）

しのびたる所《ところ》にありては、夏《なつ》こそをかしけれ。いみじく短《みじか》き夜《よる》の、明《あ》けぬるに、つゆ寝《ね》ずなりぬ。やがてよろづの所《ところ》あけながらあれば、涼《すず》しく見《み》えわたされたる。なほいますこ

余韻を味わえる

人目を忍ぶ逢引《あいびき》の場面としては、夏が最高！　すごく夜が短くて、あっという間に明けてしまうので、全く寝ないで終わってしまう。そのまま、どこもかしこも昼間と同じように開け放したままにしてあるので、早朝の庭も涼しく、見通し

し言《い》ふべきことのあれば、かたみにいらへなどするほどに、ただゐたる上《うえ》より、烏《からす》の高《たか》く鳴《な》きて行《い》くこそ、顕証《けしよう》なる心地《ここち》してをかしけれ。

また、冬《ふゆ》の夜《よる》いみじう寒《さむ》きに、うづもれ臥《ふ》して聞《き》くに、鐘《かね》の音《おと》の、ただ物《もの》の底《そこ》なるやうに聞《きこ》ゆる、いとをかし。鳥《とり》の声《こえ》も、はじめは羽《はね》のうちに鳴《な》くが、口《くち》をこめながら鳴《な》けば、いみじう物深《ものふか》く遠《とお》きが、明《あ》くるまま

がきいている。一晩中語り明かしたけれど、やはり、もう少し話したいことがあるので、互いに受け答えなんかしているうちに、座っている部屋の真上を通ってカラスがかあかあと大声で鳴いて行くのは、逢引がばれちゃったような気がして、おかしくなっちゃう。

また、冬の夜も悪くないわ。すごく寒い時に、すっぽり蒲団をかぶって寝ていると、お寺の鐘の音がまるで何かの底で鳴っているように聞こえるのが、とてもすばらしい。ニワトリの声だって、はじめは羽の中に嘴《くちばし》を突っ込んだまま口ごもるように鳴くので、ずいぶん遠くで鳴いているように聞こえたのに、夜が明け

るにつれて、すぐ間近に聞こえるのも味わいがあるわねえ。

に、近《ちか》く聞《きこ》ゆるもをかし。

見どころ

男と女の忍び会いが目に見えるように明るくユーモラスに描かれているところがポイント。カラスが忍び会いを見ていて、皆に報告するかのように大声で鳴いて飛んで行く姿など、読者も思わずふふふと笑ってしまいそうになります。

冬の夜の逢引《あいびき》も

夏の夜が男女の忍び会いに最適であるのは、今でも共通しているので、理解しやすいですね。

でも、冬の夜というのが現在から見ると、理解しにくいかもしれません。当時は今日ほど暖房設備が整っていないので、冬の寒さは身に染みる。そういう季節での逢引は、頭からすっぽり夜着をかぶって夜着のなかで肌を温めあう。それは、他の季節とは違った楽しさがあり、清少納言はそれが結構気に入っていたのです。共寝した男性と戯れながら、夜着の中で聞くお寺の鐘の音の響き、ニワトリの声。いずれも清少納言ならではの鋭い感性で見事にとらえられています。おそらく清少納言の体験に裏付けられた男女の逢瀬《おうせ》。リアリティにあふれていますからね。

内裏《うち》の局《つぼね》（七三段 部分）

沓《くつ》の音《おと》夜《よ》一夜《ひとよ》聞《きこ》ゆるがとどまりて、ただ指《および》一つしてたたくが、その人《ひと》なりと、ふと聞《きこ》ゆるこそをかしけれ。いと久《ひさ》しうたたくに、音《おと》もせね

他人の興味を惹《ひ》く

男たちの沓《くつ》の音が一晩中聞こえるのがやんで静かになった時に、男の人が指一本でとんとんと戸を忍びやかに叩く音がする。「誰それね、きっと」と、ふっと推測できるのは結構面白いわね。とんと

ば、寝入《ねい》りたりとや思《おも》ふらむとねたくて、すこしうち身《み》じろく衣《きぬ》のけはひ、さななりと思《おも》ふらむかし。冬《ふゆ》は火桶《ひおけ》にやをら立《た》つる箸《はし》の音《おと》も、しのびたりと聞《きこ》ゆるを、いとどたたきはらへば、声《こえ》にても言《い》ふに、陰《かげ》ながらすべり寄《よ》りて聞《き》くときもあり。

んとんとんと、とても長く叩いているのに、部屋の中の女は音もさせない。「彼女はもう寝ちゃったんだ」と男が諦めるのも癪《しゃく》なので、女は少しみじろぎをして着物の音をさせる。男は「どうやら、まだ起きているようだ」と、きっと察するでしょうよ。

冬は、部屋の中で女が火鉢にそっと立てる火箸《ひばし》の音も、周囲に気を使っているなと思えるのに、訪ねてきた男はどんどんと乱暴に戸を叩き開けようとする。女もたまりかねて声に出して返事をする。そんな時には、私は、物陰に隠れてそっと忍び寄って二人の会話を聞いちゃう時もあるんだ。

見どころ

宮中に詰める女房たちの部屋で展開する夜の営みの様子が生き生きと描かれている、それが見どころ。彼女たちにはプライバシーはなく、一挙一動が周りに筒抜けになってしまう。清少納言のように、好奇心が旺盛な女房は、物陰に隠れて男女の睦言《むつごと》まで聞いてしまうのです。

睦言に耳をすませば

当時は、昨今とは違って、プライバシーの考え方がありません。まして、女房たちの詰めている内裏《だいり》の細殿《ほそどの》は、簡単な几帳《きちょう》や障子や簾《すだれ》などで仕切られているだけ。嫌でも、近くにいる女房の部屋に忍んでやってくる男の物音は聞こえる。それを承知しているからこそ、女房も火箸《ひばし》を灰にさす音すら、心して音の出ないようにしている。なのに、静寂な夜に「さくっ」と聞こえる火箸の音。

とんとんと静かに叩くノックの音に、細殿の部屋にいる女房たちは一斉に全神経を集中させる。「あれは、○○さんの男ね」。女房たちは、それぞれの部屋で推測をしている。女のほうは、みじろぎの音で自分の都合を知らせている。鈍感な男は、どんどんと女の部屋の戸を叩く。女は、困って返事をしたりするが、それが覗《のぞ》き見や盗み聞きのチャンス。清少納言は、その部屋のすぐ傍らの物陰まで忍び寄って、二人の会話に耳をすませる、「ふんふん、いま二人の関係は、そんな具合なのね」。

清少納言は、とりわけ人間関係に興味があるので、「心にくきもの」（一九〇段）では、微かに聞こえる男の笑い声から、話の内容を推測しようとしています。でも、よく聞こえないので、「ああ、知りたい」と興味を募らせてじれったがっています。彼女は、盗み聞きや覗き見したくなるような男女関係が大好きなのです。

職《しき》の御《み》曹司《ぞうし》の西面《にしおもて》の（四七段　部分）

いみじう見《み》え聞《きこ》えて、をかしき筋《すじ》

理解しあえる

藤原行成《ふじわらのゆきなり》は、特に目立ったり評判にな

など立《た》てたる事《こと》はなう、ただありなるやうなるを、皆人《みなひと》さのみ知《し》りたるに、なほ奥深《おくふか》き心《こころ》ざまを見知《みし》りたれば、「おしなべたらず」など、御前《おまえ》にも啓《けい》し、また、さ知《し》ろしめしたるを、常《つね》に、「『女《おんな》はおのれをよろこぶ者《もの》のために顔《かお》づくりす。士《し》はおのれを知《し》る者《もの》のために死《し》ぬ』となむ言《い》ひたる」と、言《い》ひ合《あ》はせたまひつつ、よう知《し》りたまへり。

ったりするほど、風流ぶった振る舞いはせず、平凡なご気性であるようなのを、他の女房たちはその程度の人と心得て低く評価している。けれど、私は、やはり深みのある彼の心をよく理解しているので、「並の方ではありません」というふうに、中宮様にも申し上げ、中宮様もよくお分かりでいらっしゃる。それを彼も心得ていて、いつも「『女は自分を愛してくれる者のために化粧をする。男子たるものは、自分を理解してくれる者のために死ぬ』と古人は言っているよ」と、話を合わせなさったりして、私の気持ちをよく知っていらっしゃる。

見どころ

藤原行成《ふじわらのゆきなり》と清少納言が、互いを深く理解しあっているという感覚を共有しているところが見どころ。藤原行成は、若い女房たちには、面白くもなくそっけない男性と見られており、とんと人気がない。けれど、清少納言とは、知的応酬の楽しさを共有し、親密な間柄。男と女の関係って、こういうのが理想的なのよ、と清少納言は得意そうな顔でほのめかしています。

知的応酬の楽しさ

清少納言が宮仕えを楽しめた要因を読者が推測できる章段です。彼女は、エリート男性と知的な会話をさせると、絶妙な技を発揮する、そんな女性だったのです。「頭中《とうのちゅう》将《じょう》のすずろなるそら言を聞きて」(七八段)では、藤原斉信《ふじわらのただのぶ》と才気あふれる応酬をしています。斉信から「蘭省花時錦帳下」という漢詩の下の句を問う手紙が届き、清少納言は「草の庵《いおり》をたれかたづねむ」という和歌で答えを返す。『白氏文集』をふまえた見事な応酬。彼女は、男の学ぶ漢詩文も熟知しており、それを生かしつつ、女のものである和歌で答えるという離れ業をやってのけたのです。

この章段では、行成が、『史記』の「刺客列伝」から「女はおのれをよろこぶ者のために顔づくりす。士はおのれを知る者のために死ぬ」という言葉を引用し口にしますが、それは清少納言にもお馴染みの知識。二人は、知的な教養を共有し互いに理解しあえることに喜びを感じています。行成は、能書家としても有名ですね。小野道風《おののとうふう》、藤原《ふじわらの》佐理《すけまさ》と並び称せられた三蹟の一人。なかでも行成の書は、優雅な趣をもち、最も権威ある書法として、室町時代まで伝えられました。そんな行成と清少納言は、気が合ったのです。

「頭弁《とうのべん》の、職《しき》にまゐりたまひて」（一三〇段）でも、行成とは『史記』の「孟嘗君《もうしょうくん》列伝」に見える故事をふまえた言葉のやり取りからはじまり、「逢坂《おうさか》の関」をめぐる恋の駆け引きを和歌でやり合っています。知的なレベルが一致しており、二人は機転の利いた会話を楽しんでいます。恐らく男女関係もあったと察せられます。

一言まとめ――男と女はこうありたい――

清少納言がいいなあと思った男女関係のあり方を三つ採り上げてみました。どれも彼女自身の体験に裏打ちされ、実にリアルに語られていました。彼女は、①別れの楽しさを満喫できる男女関係、②盗み聞きしたくなる男女関係、③知的応酬のできる男女関係を経験しており、それをすばらしいものと感じています。

このほか、ここでは採り上げませんでしたが、彼女が頭の中で男女の恋愛は「こうありたい」という、美意識にもとづく場面があります。たとえば、男が通ってくる夜は、雪の降る夜。女への思いを一人口ずさんで、人目を忍んで通ってくる男の姿がなんともステキと述べています。「成信《なりのぶ》の中将は」(二七四段)の章段です。

男を待ち受ける女も、たとえば、夏の宵だったら、ぴかぴかに磨いてある床に真新しい畳を敷いて、涼しげな几帳《きちよう》をたて、白い透けた単衣《ひとえ》に紅の袴《はかま》を着け、濃い紅の夜着を少しだけ上に掛けて横になって待っている。あたりにはかすかなお香の匂いがただよっている。こんな感じで待つのがいいと「南ならずは」(二八四段)に記しています。

実際の逢瀬《おうせ》の場面では、男が、語らいの合間に、音色のいい琵琶《びわ》などをしのびやかに爪弾《つまび》く。ムード満点。こういうのが恋愛場面ではいいわねと同じ章段で述べています。

いよいよ朝になって女と別れる時には、ばたばたしてはダメ。余情たっぷりに別れを惜しみつつ男は帰ってゆくこと。「ある所に、なにの君とかや言ひける人のもとに」（一七三段）では、感動的な別れのエピソードまで記しています。名残を惜しんで、男は出ていったけれど、男はなお女への気持ちが押さえがたく、こっそり女の家に戻ってきた。すると、女も自分を思う痛切な歌を口ずさんでいた。男は、そんな女の姿に心を打たれ、何も言わずに帰ったという話。恋愛の場面は、こうありたいと清少納言は思っています。これは、現在にも通用する女の思い描く恋の情趣。

6　こういう男と女はみっともない

一〇五段　一八七段

見苦しきもの（一〇五段）

見苦《みぐる》しきもの　衣《きぬ》の背縫《せぬい》、肩《かた》に寄《よ》せて着《き》たる。また、のけ頸《くび》したる。例《れい》ならぬ人《ひと》の前《まえ》に、子負《こお》ひて出《い》で来《き》たる者《もの》。法師《ほうし》陰陽師《おんようじ》の紙冠《かみかぶり》して祓《はらえ》したる。色黒《いろくろ》う、にくげなる女《おんな》のかづ

ブサイクな男と女

見苦しいもの。着物の背筋の縫い目を片方にゆがませて着ているの。また、着物を抜き衣紋《えもん》で着ているの。普段は訪れない珍しいお客の前に、赤ちゃんをおんぶしたまま出てきた者。法師がにわか陰《おん》陽《よう》師《じ》になって、間に合わせの紙の冠をつ

らしたると、鬚《ひげ》がちにかじけやせやせなる男《おとこ》、夏《なつ》、昼寝《ひるね》したるこそ、いと見苦《みぐる》しけれ。何《なん》の見《み》るかひにてさて臥《ふ》いたるならむ。夜《よる》などはかたちも見《み》えず、また、みなおしなべてさる事《こと》となりにたれば、われはにくげなりとて、起《お》きゐるべきにもあらずかし。さてつとめてはとく起《お》きぬる、いと目《め》やすしかし。夏《なつ》、昼寝《ひるね》して起《お》きたるは、よき人《ひと》こそ、います

けてお祓《はら》いをしているの。色が黒く不器量な女でかもじを入れたのと、鬚《ひげ》もじゃでしなびて痩《や》せっぽちの男とが、夏、昼間から添い寝をしているのときたら、ホント見苦しい。何の見る甲斐《かい》があるというんで、昼日中に同衾《どうきん》してるのかしら。夜などだったら、容姿が悪くても見えないし、また、誰でもみな男と女は共寝するにきまっているから、「私は不細工だ」というので、起きて座っているわけにもゆかないでしょうけどね。夜は寝て、それから翌朝は早く起きてしまうのが（醜い寝起きの顔をさらさずにすむから）難がないというものね。夏、昼寝して起きたのは、高貴な方なら普通の人よりはもう少

こしをかしかなれ、えせかたちは、つやめき寝腫《ねは》れて、ようせずは、頬《ほお》ゆがみもしぬべし。かたみにうち見《み》かはしたらむほどの、生《い》けるかひなさや。やせ、色黒《いろくろ》き人《ひと》の生絹《すずし》の単衣《ひとえ》着《き》たる、いと見苦《みぐる》しかし。

し風情もありましょう。でも、顔のまずいのは、寝れば脂っぽくてらてらしてむくみ、下手をすると、ほっぺただってきっとゆがんでいるわ。そんな男女がお互いに顔を見合わせた時の、生き甲斐のなさったら！

それから、痩せて色の黒い人が、透けている単衣《ひとえ》を着るのは、すっごくみじめったらしいものよ。

見どころ

ブサイクな男と女は、それを意識して行動することこそ大切と言い切っているところがすごい。清少納言のブス嫌いは有名ですが、よく読むと、ブスそのものを攻撃しているのではないことがわかります。

他人に不快感を与えないで

清少納言は、色の黒い女や髪の毛の豊かでない女がみっともないと思っています。男では、鬚《ひげ》の濃いのと痩《や》せているのが見苦しいと感じています。でも、そんな男女でも、他人の眼を意識して行動すれば、清少納言は文句がないのです。

顔のまずい男女なのに、人目もはばからず、昼日中から同衾《どうきん》している姿にむかつくのです。皆と同じように夜に共寝をしなさい、昼間っから、ナンなのよ！　まずい顔を見させられて、たまったもんじゃあないわ！　清少納言の怒りは、こういう時に爆発します。醜いくせに、しゃしゃり出てきて、他人に不愉快な思いをさせるんだから。

この感情は、実は現在にも共通します。たとえば、電車の中で、二人だけの空間を作り、もたれ合い見つめ合い体をくっつけている男女に、私たちはどこか腹立たしさを覚えます。そして、どういうわけかそういう男女は、決まって顔がまずい。「やめてほしいなあ。どこか見えないところでやってくれないかなあ」。周りで見せつけられている者は、不快感を覚えます。それは、周りの人の存在を全く無視した行為だから腹が立つのです。

また、電車の中で化粧をしている女性にも、周りの人間は不快感を覚えます。これまた不思議に、そういう女性は大抵器量が悪い。こういう女性に対して怒りを感じるのは、よく考えてみると、彼女の顔が醜いからではありません。傍若無人だからです。他人に対する配慮が全くない。彼らにとって、周りにいるのは気にする必要もない物体なのです。その意識に周りの人間はいらだつのです。そのいらいらが、まずい容貌そのものへの攻撃にすりかわってしまうのです。

「他人の存在を意識しなさい！」。清少納言が最も言いたかったのは、恐らくこのことです。

宮仕へ人のもとに来などする男の（一八七段）

宮仕《みやづか》へ人《びと》のもとに来《き》などする男《おとこ》の、そこにて物食《ものく》ふこそいとわろけれ。食《く》はする人《ひと》もいとにくし。思《おも》はむ人《ひと》の、「なほ」など心《こころ》ざしありて言《い》はむを、忌《い》みたらむやうに、口《くち》をふたぎ、顔《かお》をもてのくべき事《こと》にもあらねば、食《く》ひをるにこそはあらめ。いみじう酔《え》ひて、わりなく夜《よ》ふけて

食事を出す女と食べる男

宮仕えする女性の部屋を訪ねてきたりする男で、そこで食事をするなんてのは、全くみっともないわ。男に食事を出す女にもすごく腹が立つわね。愛する女性が、「やっぱり召し上がって」などと、愛情を見せて言うのを、まるで忌《い》み嫌っているかのように、口をふさぎ、顔をそむけるわけにもいかないから、やむを得ず食べてはいるんでしょうが。

男が、ひどく酔っ払ってどうしようもなく夜が更けてしまってそのまま泊まっ

泊《とま》りたりとも、さらに湯漬《ゆづけ》をだに食《く》はせじ。心《こころ》もなかりけりとて来《こ》ずは、さてありなむ。里《さと》などにて、北《きた》面《おもて》より出《い》だしては、いかがはせむ。それだになほぞある。

たとしても、私は、決して最も簡単な朝食の湯漬けでさえ出さないわ。「気のきかない女だなあ」と思って、男がそれっきり来ないなら、それでいいじゃあないの。

でも、実家なんかで奥の方から食事を整えて出した場合は仕方がないわ。それでも、やっぱりみっともないものよ。

見どころ

食事をする姿が、恋愛にはふさわしくないとする平安人の意識が見どころ。「きわめて情緒的であるべき男女の出会いに、物欲的な食事を持ち込むことを、清少納言は、極端に忌避した」(萩谷朴《はぎたにぼく》校注『新潮日本古典集成 枕草子 下』)とありますが、この意識は清少納言一人に限ったことではありません。平安時代では一般に、食事をする姿は恋愛感情とは相反するものととらえられています。

恋愛と食事

現在では、男女のデートには美味しいものを二人で食べるというのが普通です。でも、平安時代では、ものを食べる姿は嫌われています。

『伊勢物語』二三段にはこんな話が出てきます。妻を愛していたけれど暮らし向きが悪くなり、夫は新しい妻を別につくった。元の妻は、やきもちも焼かずに夫を新しい妻のところに出してやる。その鷹揚《おうよう》さに夫はかえって疑念がわく。ほかに男がいるのかもしれない。夫は出かけた振りをして、庭の植え込みに隠れて妻の様子を窺《うかが》った。と、妻は綺麗にお化粧をして、物思いに沈み、夫の安否を気づかう心優しい歌を詠んでいる。夫は、感動し、新しい妻のところにも行かなくなった。たまたま、新しい妻のところに立ち寄ってみると、最初こそ装いを凝らしていたのに、今は気を許して、自分でしゃもじをとってご飯を茶碗によそっている。ああ、いやだと男は思い、二度と新しい妻のところに行かなくなったという話。

よく似た話が、『大和物語』一四九段にも見られます。こちらの方は、新しい妻が自分でご飯をよそっている姿をのぞきみて、すっかり恋心をなくし、新しい妻のところに行かなくなったという話になっています。

『源氏物語』でも、恋愛場面にはものを食べる姿は全く出てきません。平安末期の『今昔物語集』巻二九第三話には、女盗賊が男を色仕掛けでたらしこむ場面があります。男は、同衾《どうきん》したばかりの女が男に食事を出し、自分もパクパク食べている姿を見て「普通とは違っている」と感じています。つまり、普通は恋愛場面では食事などをとらないものだったのです。

貴族階級の人間のみならず、平安時代の人は、一般にものを食べるという行為は、情趣ある恋愛とは、調和しない卑しい姿と認識していたことが分かります。

一言まとめ――こういう男と女はみっともない――

清少納言が、みっともないとしてあげているのは、①昼日中から同衾している顔のまずい男女、②食事を出す女とそれを食べる男、です。

①については、他人の眼を気にしない傍若無人な男女に対して放たれた、鋭い批判の矢。それは、今日にも通用します。繰り返しになりますが、清少納言の真意は「醜い容貌の人はひっこんでろ！」というところにあるのではありません。不器量でも、他者への気遣いをする余裕を持てば、見やすくなると考えているのです。

また、②は、現今とかなり違う認識ですが、理解はできます。クシャクシャハフハフ物に食らいついている人の姿を見ると、現代人でも興醒《きょうざ》めしますから。こんな人と一緒にいるのは恥ずかしいという気になります。現在では、一緒に食事をするところまではかまわないのですが、食べ方のマナーには気をつけないといけません。

Ⅱ　人としてのマナー

1　こういう人は許せない

二六段　一四六段　九一段

にくきもの（二六段）

にくきもの　いそぐ事《こと》あるをりに来《き》て、長言《ながごと》するまらうど。あなづりやすき人《ひと》ならば、「後《のち》に」とてもやりつべけれど、心《こころ》はづかしき人《ひと》、いとにくくむつかし。

相手のことを考えない人

にくらしいもの。急いでいる時にやってきて、長話をするお客。軽く扱ってもいい人なら「あとで」などと言って帰してしまえようが、気のおける立派な人の時は、そうもできず、ひどく憎らしく困ってしまう。

硯《すずり》に髪《かみ》の入《い》りて磨《す》られたる。また、墨《すみ》の中《なか》に、石《いし》のきしきしときしみ鳴《な》りたる。

にはかにわづらふ人《ひと》のあるに、験《げん》者《ざ》もとむるに、例《れい》ある所《ところ》になくて、ほかにたづねありくほど、いと待《ま》ち遠《どお》に久《ひさ》しきに、からうじて待《ま》ちつけて、よろこびながら加《か》持《じ》せさするに、このごろ物《もの》の怪《け》にあづかりて困《こう》じにけるにや、ゐるままにすなはち

硯《すずり》に髪の毛が入っているのを知らずに墨を磨《す》った時。また、墨の中に石がまじっていて、磨るたびにきしきしきしんで鳴っているのも、不愉快だわ。

急病人が出たので、大慌てで修験者《しゅげんじゃ》を呼ぶのに、いつもいるところにはいないものだから、別のところを探し回る。待たされて長い時間が経ってじりじりしている。やっとの思いで迎え入れて、ほっと胸をなでおろしながら加持《かじ》をさせると、たてこんでいた物《もの》の怪《け》調伏《ちょうぶく》（生霊・死霊が人間に乗り移って害を与える災を、仏の力によって滅ぼす）にたずさわって疲れきってしまったのか、座るや否や、そのまま、半分眠ったような声で陀羅尼《だらに》を唱え

ねぶり声《ごえ》なる、いとにくし。なでふことなき人《ひと》の、ゑがちにて物《もの》いたう言《い》ひたる。火桶《ひおけ》の火《ひ》、炭櫃《すびつ》などに手《て》のうらうち返《かえ》しうち返《かえ》し、押《お》しのべなどして、あぶりをる者《もの》。いつか若《わか》やかなる人《ひと》など、さはしたりし。老《お》いばみたる者《もの》こそ、火桶《ひおけ》のはたに足《あし》をさへもたげて、物言《ものい》ふままに押《お》しすりなどはすらめ。さやうの者《もの》は、人《ひと》のもとに来《き》て、ゐむとす

る。ひどく癪《しゃく》に障る。

なんの取り柄もない男が、満面に笑みをたたえて得意気にぺらぺらしゃべっているの、不愉快ね。

丸火鉢の火や大型の角火鉢の火などに、かざした手を裏返し裏返しさすったりなんかしてあぶっている男。いったい、いつ、若い人なんかがそんな無作法なことをしていた？　年寄りじみた者に限って火鉢の縁に足までのっけて、おしゃべりしながら、かじかんだ足などをこすり合わせたりするようね。

そういう無作法なのに限って、人の家にやってきて自分の座ろうとするところをまず扇であちこちばたばたと扇いで塵《ちり》

る所《ところ》を、まづ扇《おうぎ》してこなたかなたあふぎちらして塵掃《ちりは》き捨《す》て、ゐも定《さだ》まらずひろめきて、狩衣《かりぎぬ》の前《まえ》、まき入《い》れてもゐるべし。かかる事《こと》は、いふかひなき物《もの》のきはにやと思《おも》へど、すこしよろしき者《もの》の、式部《しきぶ》の大夫《たいふ》などいひしが、せしなり。

また、酒飲《さけの》みてあめき、口《くち》をさぐり、髯《ひげ》ある者《もの》は、それを撫《な》で、杯《さかずき》、こと人《ひと》に取《と》らするほどのけしき、い

を払い捨てる。座ってもふらふらと落ち着かず、狩衣《かりぎぬ》の前の垂れは、前に広げるのが礼儀なのに、それを膝の下に巻き込んで座ったりするようね。こういう無作法なことって、身分の低い人がすることかと思っていたんだけど、違うのね。少しましな身分で、式部の大夫《たいふ》などと呼ばれた人がしたのよ！

また、お酒を飲んでわめき、口の周りのよだれをぬぐい、髯《ひげ》があるものは髯を撫《な》でまわし、杯をほかの人にとらせる時の様子は、ほんとに憎らしいと思える。「もっと飲め」ときっと言っているのよ。体をゆすり、頭を振って、口までへの字にひんまげて、子供が「守殿《こうどの》にまゐ

みじうにくしと見《み》ゆ。「また飲《の》め」と言《い》ふなるべし、身《み》ぶるひをし、頭《かしら》ふり、口《くち》わきをさへ引《ひ》き垂《た》れて、童《わらわ》べの「こう殿《どの》にまゐりて」などうたふやうにする。それはしも、まことによき人《ひと》の、したまひしを見《み》しかば、心《こころ》づきなしと思《おも》ふなり。物《もの》うらやみし、身《み》の上嘆《うえなげ》き、人《ひと》の上言《うえい》ひ、つゆ塵《ちり》の事《こと》もゆかしがり聞《き》かまほしうして、言《い》ひ知《し》らせぬをば

りて」（国守様のお宅にお伺いして）などを歌うような身振り手振りをする。それがなんとほんとに身分の高い立派な方がなさったのをこの目で見たものだから、あいやだ、と思うのね。

何でもうらやましがり、不平不満を並べ、他人のうわさをし、ほんのちょっとしたことにも興味を持ち、聞きたがって、話してやらない人を恨んで悪口を言う。また、ほんのちょっと聞き込んだことは、自分がもとから知っていたと言わんばかりに他人に吹聴する、こういう人もほんとにイヤだわ。

人の話を聞こうと思う時に泣き出す乳飲み子。憎らしいわね。

怨《えん》じそしり、また、わづかに聞《き》き得《え》たる事《こと》をば、われもとより知《し》りたる事《こと》のやうに、こと人《ひと》にも語《かた》りしらぶるもいとにくし。

物聞《ものき》かむと思《おも》ふほどに泣《な》くちご。烏《からす》のあつまりて飛《と》びちがひさめき鳴《な》きたる。しのびて来《く》る人見知《ひとみし》りてほゆる犬《いぬ》。

あながちなる所《ところ》に隠《かく》し伏《ふ》せたる人《ひと》の、いびきしたる。また、しのび来《く》

カラスが集まって飛び交い、があがあと騒々しく鳴いているのも、イヤ。こっそりやってくる恋人を見つけて吠える犬。これも憎らしい。

すごく窮屈な場所にかくまっておいた恋人が、いびきをかいて寝ているの。人の気も知らないで、と、めちゃめちゃ腹が立つわ。また、忍んでくる場所に、長《なが》烏帽子《えぼうし》をかぶってくるのも無神経。それでも、「人に見つけられまい」と、慌てて部屋に入る時に物に烏帽子をぶちあてて、がさりと音を立ててしまったのも、むかつく。

伊予産の簾《すだれ》などが掛けてあるところをくぐる時に、頭にひっかけてざらざらと

る所《ところ》に、長烏帽子《ながえぼうし》してさすがに人《ひと》に見《み》えじとまどひ入《い》るほどに、物《もの》に突《つ》きさはりて、そよろといはせたる。伊予簾《いよす》などかけたるに、うちかづきて、さらさらと鳴《な》らしたるも、いとにくし。帽額《もこう》の簾《す》は、ましてこはじのうち置《お》かるる音《おと》、いとしるし。それもやをら引《ひ》き上《あ》げて入《い》るは、さらに鳴《な》らず。遣戸《やりど》を荒《あら》くたてあくるも、いとあやし。すこしもたぐるや

音を立ててしまうのも、とても腹が立つわ。帽額《もこう》の簾《す》（上部に横に幕を張ったすだれ）はいっそう扱いにくいもので、簾の下端につけた薄板がことりと床に触れる音が、すごくよく響いちゃうのよね。でもそれだって、そっと下端を持ち上げて入ればちっとも音がしないはずよ。

引き戸などを荒々しく開けたてするのも、理解できないわ。少し持ち上げるようにして開ければ、鳴るはずがないのよ。下手な開け方をするから、襖《ふすま》などもがたがたして、それこそ音が際立って聞こえるのよ。

眠たいと思って横になっている時に、蚊が小さな声で情けなさそうに「蚊《かあ》」と

うにしてあくるは、鳴《な》りやはする。あしうあくれば、障子《しょうじ》なども、こほめかしうほとめくこそしるけれ。

ねぶたしと思《おも》ひて臥《ふ》したるに、蚊《か》の細声《ほそごえ》にわびしげに名《な》のりて、顔《かお》のほどに飛《と》びありく。羽風《はかぜ》さへその身《み》のほどにあるこそいとにくけれ。

きしめく車《くるま》に乗《の》りてありく者《もの》。耳《みみ》も聞《き》かぬにやあらむと、いとにくし。わが乗《の》りたるは、その車《くるま》のぬし

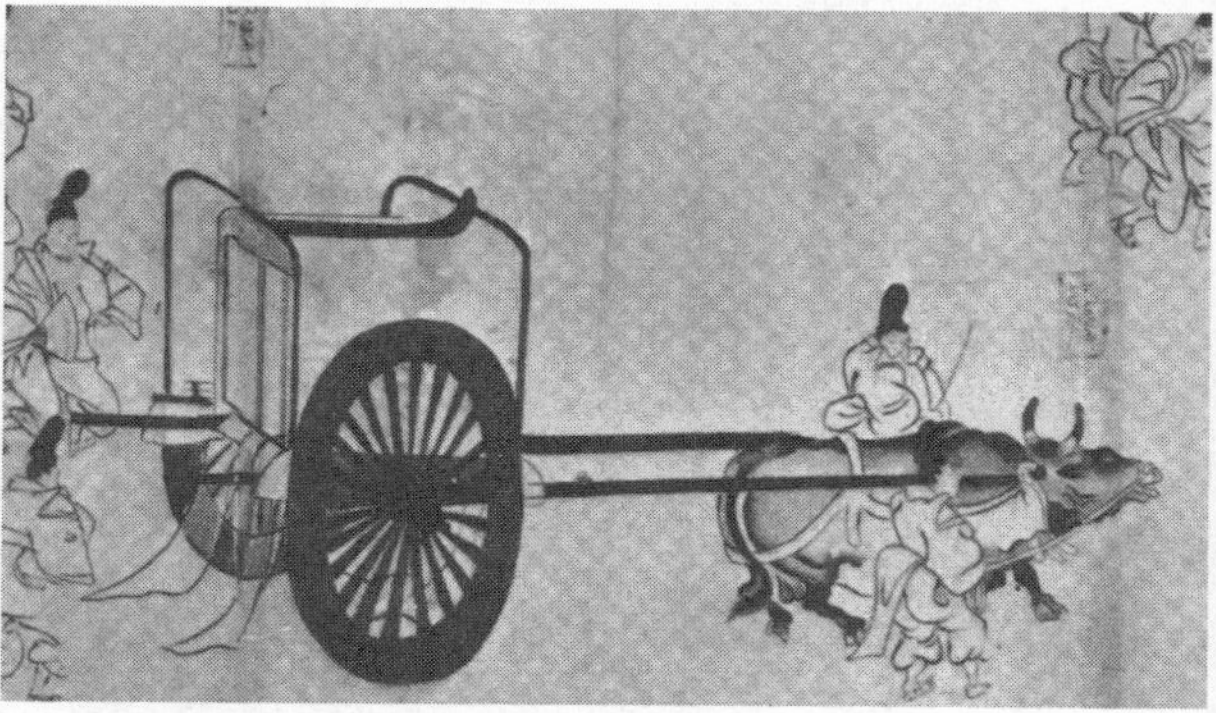

ぎしぎし鳴る牛車を乗り回す人には腹が立つ 「年中行事絵巻」
(田中家所蔵。中央公論新社『日本絵巻大成』巻8所収) より

さへにくし。

また、物語《ものがたり》するに、さし出《い》でして、われ一人《ひとり》さいまくる者《もの》。すべてさし出《い》では、童《わらわ》も大人《おとな》もいとにくし。

あからさまに来《き》たる子《こ》ども、童《わらわ》べを見入《みい》れらうたがりて、をかしき物《もの》取《と》らせなどするにならひて、常《つね》に来《き》つつゐ入《い》りて、調度《ちょうど》うち散《ち》らしぬる、いとにくし。

名乗って顔のあたりを飛び回るのって憎らしい。羽風まで一人前にあるんだから、憎らしいったらありゃしない。

ぎしぎし鳴る牛車《ぎっしゃ》を乗り回す人。あの音が気にならないのかしら、とその鈍感さに腹が立つわ。私が借りて乗った時は、その車の持主まで憎らしく思えちゃう。

また、話をしている時に、横から口出しをしていい気になってまくしたてる人。万事、でしゃばりは子供でも大人でもいただけないわ。

ちょっと家に遊びにきた子供や幼児に目を掛けてかわいがって、喜びそうなものをやったりすると、味をしめて、いつ

家《いえ》にても、宮仕《みやづか》へ所《どころ》にても、会《あ》はでありなむと思《おも》ふ人《ひと》の来《き》たるに、空《そら》寝《ね》をしたるを、わがもとにある者《もの》、起《おこ》しに寄《よ》り来《き》て、いぎたなしと思《おも》ひ顔《がお》に、引《ひ》きゆるがしたる、いとにくし。

今《いま》まゐりのさし越《こ》えて物知《ものし》り顔《がお》に教《おし》へやうなる事言《ことい》ひ、うしろ見《み》たる、いとにくし。

わが知《し》る人《ひと》にてある人《ひと》の、はやうも来ては部屋に座り込み、道具を散らかしちゃうのは、何とも憎らしい。

家にいる時でも、宮仕え先でも、「会わずにすませたい」と思う人が来た時に、眠った振りをしているのに、召し使いの者が、起こしに近寄ってきて、「寝坊な御主人様だ」とでも言いたそうな顔つきで、揺り起こすのは、ひどく憎らしい。

新参者が、先輩をさしおいて、物知り顔で指図がましいことを言い、おせっかいをするのも、すごく頭にくる。

自分が深い仲になっている男が、前に親しくした女性のことを口に出して褒《ほ》めたりするのも、過ぎた昔のことながら、

見《み》し女《おんな》のことほめ言《い》ひ出《い》でなどするも、ほど経《へ》たることなれど、なほにくし。まして、さし当《あた》りたらむこそ思《おも》ひやらるれ。されど、なかなかさしもあらぬなどもありかし。

鼻《はな》ひて誦《ず》文《もん》する。おほかた、人《ひと》の家《いえ》の男《おとこ》主《しゅう》ならでは高《たか》く鼻《はな》ひたる、いとにくし。

蚤《のみ》もいとにくし。衣《きぬ》の下《した》にをどりありきて、もたぐるやうにする。犬《いぬ》

やっぱり憎い。まして、現在関係のある女性のことだったら、どんなにか腹が立つだろうと、その気持ちは十分分かるわ。でも、そんな話題が、かえってそんなに憎らしくも思わないなんていう場合もあるのよね。

くしゃみをして、すぐにまじないをとなえる人。これもイヤ。大体、一家の男主人以外で無遠慮に大きなくしゃみをしたのは、ほんとに癪《しゃく》に障る。

蚤《のみ》もひどく憎らしいわね。着物の下を跳ねまわって、着物を持ち上げるようにする。犬が声を合わせて長々と鳴きたてているのは、不吉な感じさえして、いやだわ。

のもろ声《ごえ》に、長々《ながなが》と鳴《な》きあげたる、まがまがしくさへにくし。

戸を開けて出入りするところを、閉めない人も、許せない！

あけて出《い》で入《い》る所《ところ》、たてぬ人《ひと》、いとにくし。

見どころ

清少納言の規範意識・美意識からはずれるものが「にくし」として列挙されているので、裏返すと、「そうあってはならない」という礼儀作法の書になっている。そこが、この章段の見どころです。

「にくし」は、現代語の「にくい」ほど、相手に対する攻撃性を持っていません。現代では、「殺してやりたいほど憎い」のように、相手に何か害を与えてやりたいと思うような、強い攻撃性があります。平安時代の「にくし」は、「気に入らない」「癪《しゃく》に障る」

「いやだ」くらいの意味で、自分自身の中にとどまる感情です。

蚊の羽音は？

眠たいと思って横になっていると、「蚊の細声にわびしげに名のりて」飛び回るとあります。蚊の羽音を何と聞いていたのか？ 現在では、蚊の飛び回る音を「プーン」などと聞きます。平安時代では、その名の通り「かー」と聞いていた可能性があります。というのは、蚊がか細い声で「名のりて」とあるからです。「名のる」は自分の名前を告げることです。「蚊」は「かー」と言って飛び回ると認識しているから、「名のる」なのです。

平安時代の人々は、名前の由来が鳴き声や音から来ていることを知っている場合が多い。たとえば、ウグイスの声。現在では、ホーホケキョ。でも、平安時代では、「ウーグヒス」と、鳥名どおりの鳴き声に聞いています。こんな歌があります。「いかなれば 春くるからに うぐひすの 己が名をば 人に告ぐらむ（＝どういうわけで、春が来るやいなや、ウグイスは、自分の名をば人に告げるのであろうか）」（『承暦二年内裏歌合』）。ウグイスが、自分の名を人に告げる、つまり、ウグイスが、鳥名「うぐひす」と聞こえるような声で鳴くことです。平安時代の人は、ウグイスという鳥名はそもそも鳴き声から来たと認識していたのです。

ホトトギスという鳥の名も、鳴き声を写す言葉から来ています。「暁《あかとき》に 名のり鳴くなる ほととぎす いやめづらしく 思ほゆるかも（＝暁のなかで、自分の名を名のって鳴いているホトトギスが、ことさらにすばらしいと思われるなあ）」という歌が『万葉集』巻一八にあります。「名のり鳴く」とありますから、ホトトギスが自分の名と同じく「ほととぎす」と鳴き声を上げているのです。

奈良・平安時代の人は、鳥や虫の名前が、その鳴き声や羽音に由来することを意識しています。ですから、蚊の羽音を「かー」と聞いたという推測は、荒唐無稽ではないのです。さらに、平安時代の『金光明最勝王経音義』には、蚊のことを「加阿《かあ》」と長く引いて発音していたことが記されています。とすれば、ますます蚊の羽音は名前の通り「かー」と聞いていたと考えた方が自然です。

というわけで、この本での口語訳には「蚊が小さな声で情けなさそうに『蚊《かあ》』と名乗って顔のあたりを飛び回るのって憎らしい」としました。現代人から見ると、なかなか面白い蚊の羽音ですね。

くしゃみは不吉

当今では、花粉症の人も多く、くしゃみを耳にするのは、そんなに不吉なことでもありません。でも、平安時代では、くしゃみは不吉。くしゃみをしたら、すぐに呪文《じゅもん》を唱えないと、生命に関わると信じられていました。呪文は「休息万命《くそくまんみょう》 急々《きゅうきゅう》 如律令《にょりつりょう》」。大きなくしゃみで驚かされ、しかもそのたびにこんな呪文を唱えられたら、清少納言でなくても、妙にうっとうしく腹立たしい気持ちになりそうです。

また、『袖中抄《しゅうちゅうしょう》』という平安末期の歌学書には、傍らで誰かがくしゃみをすると、その時願っていることが成就しないという俗信が記されています。『枕草子』でも、「宮にはじめてまゐりたるころ」（一七七段）に、中宮から「私を大事に思ってくれるかしら？」と聞かれて、清少納言が「それは、もう」と答えた途端に、傍らで人が大きなくしゃみをした。そのため、清少納言の真心が疑われ、彼女はひどく不本意な思いをしたことが記されています。宮仕えに出た途端に味わったくしゃみ事件のくやしさ。そのせいか、清少納言は、くしゃみに敏感。人よりもくしゃみが嫌い。唯一の例外であるお正月のくしゃみは、縁起のいいものとされていますが、それにさえ、反感を持っています。

現代にも通用するエチケット集

清少納言が、「いやね」と言って列挙したものは、大体今日にも通用します。特に、人間の行為に対する嫌悪感は、そのまま現在の見事な礼儀作法書となっています。

忙しい時にやってきて長々としゃべっちゃ、迷惑よ。頼りにしている祈禱師《きとうし》なのに、居眠りなんかしないでよ。火鉢の縁に足までのっけてあったためないでよ。人の家に来て「汚い」と言わんばかりに座る場所をぱたぱたゴミ払いなんかしないで。ふらふらしないできちんと座んなさいよ。お酒に飲まれてるのは見苦しいわよ。

不平不満をたらたら言うのは、やめた方がいいわよ。自分だけが知っていると言わんばかりに得意げに吹聴するのも見苦しいわよ。

それから、これも頭に来る。カレシをなんとかかくまって、見つかりはしないかとはらはらしているのに、カレシときたらそこで寝てしまっていびきなんかかくの。最低。もっと女の気持ちを分かってくれるカレシじゃないと、ダメね。こっそり逢いに来る時は、男性は服装に気をつけて。周りの人に悟られるような音の出てしまう物は身につけないで。戸の開けたても慎重にね。モトカノのことなんて、ほめたりしちゃあいけないわ。それから、ぎしぎしいう手入れの悪い車なんかは貸さないでよ。

子供ってちょっと甘やかすと、図に乗るから、気をつけたほうがいいわ。居留守を使っているのに、気のきかない召し使いがわざわざ呼びに来るのは、迷惑千万。それにしても、でしゃばりはイヤね。それから、開けた戸はきちんと閉めること！

いずれも我が胸に手を当てて考えてみると、一つや二つは思い当たり、ああずいぶん無作法をしたな、気をつけなくっちゃ、となります。この章段は、現代にも通用するエチケット集としても、読めるのです。無配慮、無作法、無神経。それが、「にくし」の対象。鋭い観察眼から生まれるエッセイは、古今東西に通用する礼儀作法の書でもあるのです。

巧みな描写

それにしても、この章段を読むたびに、私は清少納言の描写力に感じ入ってしまいます。なかでも、酒飲みの酔態、ノミの跳躍、蚊の飛ぶ様子、などの描写は秀逸。

酔って口の周りに手をやってよだれをぬぐい、「まあ、一杯やれ」なんて呂律《ろれつ》の回らない言葉で言い、体を前後左右に揺すりながら、徳利もぶるぶる震わせて、相手の杯に酒を注ぐ。「人生いろいろ、なんて歌ってな、ワッハッハッハ」などと、わけのわからないことを言う酔っ払いの姿が、髣髴《ほうふつ》とします。

ノミのいなくなった今日では、あまり観察する機会に恵まれませんが、私が小さい頃にはノミがたくさんいました。銭湯に行くと、脱衣場でぴょんぴょん飛び回っていました。高く飛び跳ねるので、軽い布はすっと持ち上がるのです。その様子を清少納言は実に鮮やかにとらえています。

蚊の描写もすばらしい。夏など、風通しのよいところで横になっていると、プーンと小さな羽音を立てて、顔のあたりを飛び回る。つかまえようとするけれど、なかなかつかまらない。蚊はしつこく顔のあたりをあちこちする。「羽風まで一人前にあるんだから」という観察の鋭さは、清少納言の独壇場。『枕草子』が私たちを魅了する一因は、鮮烈なイメージを作り上げる描写力にあります。

人ばへするもの（一四六段）

人《ひと》ばへするもの　ことなる事《こと》なき人《ひと》の子《こ》の、さすがにかなしうしならはしたる。しはぶき。はづかしき人《ひと》に物言《ものい》はむとするに、先《さき》に立《た》つ。あなたこなたに住《す》む人《ひと》の子《こ》の、四

しつけのできてない子とその親
人前で調子づくもの。大したこともない身分の者の子で、とはいうものの、かわいがって親が日ごろ甘やかしているの。こういう子って、人前で図に乗るのよね。咳《せき》。立派な方にお話ししようとすると、まず出てくる。まったくどうしよ

つ五つなるはあやにくだちて、物取《ものと》り散《ち》らしそこなふを、引《ひ》きはられ制《せい》せられて、心《こころ》のままにもえあらぬが、親《おや》の来《き》たるに所得《ところえ》て、「あれ見《み》せよ、やや、母《はは》」など引《ひ》きゆるがすに、大人《おとな》と物言《ものい》ふとて、ふとも聞《き》き入《い》れねば、手《て》づから引《ひ》きさがし出《い》でて見《み》さわぐこそ、いとにくけれ。それを、「まな」とも取《と》り隠《かく》さで、「さなせそ」「そこなふな」などばかり

うもないわね。

　近所に住む人の子で、四、五歳くらいなのは、いたずら盛りの困ったもので、物を散らかしたり壊したりする。それを引っ張って止めていると、思うようにいたずらもできずにいるのが、母親が来たのに勢いを得て、「あれ、見せてよ。ねえ、ねえ、お母さんったら」などと言って母親の体を引っ張ってゆすぶる。けれど、母親の方は、大人相手のおしゃべりに夢中で、子供の言うことなどはすぐには聞き入れない。すると、子供は、勝手に自分の手でさがし引っ張り出してきてひろげて騒いでいるのは、ホントいらいらする。

うち笑《え》みて言《い》ふこそ親《おや》もにくけれ。われはたえはしたなうも言《い》はで見《み》るこそ心《こころ》もとなけれ。

それを、親は「だめよ！」と言って取り上げもしない。「そんなことしないでちょうだいな」とか「壊さないでね」なんていう程度に笑顔で言うにいたっては、母親まで憎らしい。

こちらはこちらで、そうきついことも言えずにただ見てるのだから、じれったくて気が気じゃないわ。

見どころ

人前では叱られないのを良いことに、図に乗る悪ガキの様子が実にリアルにとらえられているところが見どころ。「人ばへ」とは、人前で調子づくことを意味します。平安時代では、『枕草子』のこの箇所にしか見られない言葉なので、語源などはよく分かっていません。でも、江戸時代の『書言字考節用集《しょげんじこうせつようしゅう》』という辞書に「人映《ヒトバエ》」が出てきます。人前に出ると、光栄で得意になる、という意味のようですから、この語と関係がありそうです。

子供のしつけをきちんとしていない親も、清少納言は、手厳しく非難しています。ともに、マナー違反です。

悪ガキの母親

満五、六歳の子供のいたずら振りは、今も昔も変わらない。だから清少納言のいらいら感は、よく分かります。

たとえば、病院の待合室。騒いでも、母親に叩かれたりしないのを知っているので、待合室の中をどたばた走り回っている。他の患者の迷惑になっているのに、母親は近所のオバサンとの会話に夢中。一回くらいは「静かにしなさいよ」とうわべだけの注意をする。子供がやめるわけがない。見かねて、中年の女性が「走るのやめようね」と子供に言い聞かせると、母親はその注意してくれた女性を睨み返す。ああ、母親からなってないんだから。こんなことは、現代人もしばしば経験しています。

清少納言は、子供の習性を見逃さず、その母親のしつけのなっていないこともしっかりとらえて、「こういう親子は失格でしょ?」とわれわれにも訴えかけてきます。

ねたきもの(九一段 部分)

おもしろき萩《はぎ》、薄《すすき》などを植《う》ゑて見《み》るほどに、長櫃《ながびつ》持《も》たる者《もの》、鋤《すき》など引《ひ》きさげて、ただ掘《ほ》りに掘《ほ》りていぬるこそ、わびしうねたけれ。よろしき人《ひと》などのあるときは、さもせぬものを、いみじう制《せい》すれど、「ただすこ

見くびった態度をとる人

風情のある萩、薄《すすき》などを植えて眺めているところへ、四脚つきの長櫃《ながびつ》をかついだ者が鋤《すき》などをひっ下げてやってきて、どんどん掘り取って立ち去っていったときたら、情けないやら癪《しゃく》に障るやら。

それなりの人がいる時には、そんなこともしないものなのに、私たち女ばかりだとあなどって、きびしく止めても「ほ

し」などうち言《い》ひていぬる、言《い》ふかひなくねたし。受領《ずりょう》などの家《いえ》にも、ものの下部《しもべ》などの来《き》て、なめげに言《い》ひ、さりとてわれをばいかがせむなど思《おも》ひたる、いとねたげなり。

んの少しだけ」などと軽くあしらって掘って持ち去っていくのは、どうにも手の打ちようもなく、いまいましい。

地方官クラスの家へ、しかるべき権門に仕える下僕なんかが来て、小ばかにした口をきき、「腹を立てたって、わしに手出しができようか」と高をくくっている。その面《つら》も大変いまいましい。

見どころ

相手が弱い立場にあると見るやいなや、無礼な行動や態度をとる人間に対して、手出しができずにいる無念な気持ちが見どころ。「ねたし」は、手出しができないために味わう癪《しゃく》な気持ちを表します。「くそー、覚えておれ」と、内心では毒づくものの、実際には何もできずにいる時の悔しい気持ちです。「無念である」「癪に障る」といった感じの言葉。

今も昔も、権力を笠《かさ》に着て、平気で舐《な》めた口を利いたり、無礼な行為をしたりする人間はいますね。

庭の植え込みの造り方

平安時代の庭の植え込みの造り方がよく分かる章段です。庭に種を蒔き、苗を育てて花を咲かせる方法をとっているのかと思いきや、野山から開花の時期に掘って取ってきて自分の庭に植え込んで楽しんでいたのですね。現今と同じです。現在でも、園芸家などを除けば、多くの人は開花している鉢植えを何種類か買ってきて、大鉢や花壇に植え込んで楽しんでいます。

でも、今では絶対にしないことがこの章段には書かれています。平安時代では、他人の屋敷に入り込んで、そこの家の人が眺め楽しんでいる樹木さえ、権力を笠に着て掘り取って持っていってしまうのです。

『大鏡』（「昔物語」）には、こんな話が載っています。村上天皇の時に、清涼殿の梅の木が枯れたので、代わりの梅の木を求めて探させたけれど、いい木がない。と、西の京に色の濃い花が咲く美しい枝振りの梅の木があったので、掘って持ってきた。その家の人が手紙を梅の木に結びつけた。天皇が手紙をご覧になると、女性の筆跡で歌が書いてある。

勅なれば　いともかしこし　うぐひすの　やどはと問はば　いかが答へむ
(=勅命ですので、謹んでこの木をさし出します。でも、いつもこの木に来ているウグイスが「私の宿はどこに行ったの?」と問うた時、何と答えればいいのでしょうか?)

梅の木を掘り取った家を調べさせると、紀貫之《きのつらゆき》の娘が住んでいるところだった。天皇は「気の毒なことをしたな」とおっしゃったけれど、掘り取った梅の木を返したりはしていません。花盗人は、罪にはならないという常識がまかり通っており、立場の弱い者の泣き寝入りだったのです。

2　こういう人はいいわね

二九段　二五一段　二八一段

心ゆくもの（二九段 部分）

つれづれなるをりに、いとあまりむつましうもあらぬまらうどの来《き》て、世《よ》の中《なか》の物語《ものがたり》、このごろある事《こと》の、をかしきも、にくきも、あやしきも、これかれにかかりて、おほや

会話の楽しい人

何もすることがなく退屈な時に、それほど親しくつきあっているわけではない客が来て、世間話をし、近ごろ起こった面白い話や腹の立つ話や奇妙な話など、あれこれ話題豊富に話をする。宮中のことでも家庭の私事でも、すこぶる事情に

けわたくしおぼつかなからず、聞《き》きよきほどに語《かた》りたる、いと心《こころ》ゆく心《ここ》地《ち》す。神《かみ》、寺《てら》などに詣《もう》でて、物申《ものもう》さするに、寺《てら》は法師《ほうし》、社《やしろ》は禰宜《ねぎ》などの、くらからずさはやかに、思《おも》ふほどにも過《す》ぎて、とどこほらず聞《き》きよう申《もう》したる。

通じていて、しかも聞きにくくなくさらりと話してくれたのは、「ああいい気持ち」と満足感を味わうわ。

神社やお寺などに行って、祈願をしてもらう時に、お寺では法師、神社では禰《ね》宜《ぎ》などが、自分の言ったことをよく呑みこんで、明快流暢《りゅうちょう》に、こちらの予想以上に、よどみなく聞きよく願いを申し述べてくれた時。胸のすっとするような気がするわ。

見どころ

「心ゆく」というのは、「気持ちがよい」「満足する」「気が晴れる」という意味。人生では、そんな時間は貴重ですが、清少納言にとってはそれが人との会話であるところがポイント。ただし、そういう会話とは、①さしあたり、急ぎのことがなく、暇なこと、②あまり親しくない人との対話であること、という二つの条件が揃った時なのです。

①は、会話が楽しめる必須条件ですね。②は、一見奇妙ですが、よく考えると、なるほどと頷《うなず》けます。というのは、親しい人だといつも話をしているので、話題が共通しやすく、目新しいものが少ない。それほど親しくない人であれば、新しい話題が多く、話の幅も広がり、知見が増すのです。せっかちで好奇心旺盛な清少納言らしい二つの条件です。

頼もしきものも、会話

清少納言は、「たのもしきもの」（二四七段）にも、こう記しています。「心地などのむつかしきころ、まこととまことしき思ひ人の、言ひなぐさめたる（＝気分がむしゃくしゃしている時、自分をひいきにしてくれる誠実そのものの友人が、いろいろ話をして慰めてくれた時。ほんとに、頼もしいわ）」と。ハイレベルの会話こそ、彼女を満足させるものだったのです。

兼好法師も影響を受けて

『枕草子』の、二九段と二四七段に見る会話に関する発言は、鎌倉時代の兼好法師にも影響を与えています。彼は、『徒然草』一二段でこんなことを言っています。「同じ心ならん人と、しめやかに物語して、をかしきことも、世のはかなき事も、うらなくいひ慰まんこそうれしかるべきに(＝同じ心の人がいて、その人としんみり語り合って、面白いことも、この世のはかないことも、心の隔てなく言い合ってなぐさめられたとしたら、こんなうれしいことはあるまいが)」、でも、実際にはそんな人はいないであろうから、なんともさびしいものだ、というのです。清少納言の会話に対する思いに影響された一段です。兼好法師も、『枕草子』の発言に触発されているのです。

よろづの事よりも情あるこそ（二五一段）

よろづの事《こと》よりも情《なさけ》あるこそ、男《おとこ》

思いやりのある人

はさらなり、女《おんな》もめでたくおぼゆれ。なげのことばなれど、せちに心《こころ》にふかく入《い》らねど、いとほしきことをば「いとほし」とも、あはれなるをば「げにいかに思《おも》ふらむ」など言《い》ひけるを、伝《つた》へて聞《き》きたるは、さし向《むか》ひて言《い》ふよりもうれし。いかでこの人《ひと》に、思《おも》ひ知《し》りけりとも見《み》えにしがな、と常《つね》にこそおぼゆれ。かならず思《おも》ふべき人《ひと》、とふべき人《ひと》

何をおいても、やさしい思いやりのあることが、男はもちろん、女でもすばらしいと思えるわ。

何でもない言葉だけれど、心底そう思い込んでいるというわけでなくても、気の毒なことには「お気の毒に」とも言い、かわいそうなことには「ほんとにどんなに辛いでしょう」などと言ってくれたということを、人づてに聞くのは、面と向かって言われたのよりも、うれしいわね。ぜひ、この人には「お言葉が身に染みました」と直接感謝したいものだなあ、といつも思っちゃう。

自分のことを心配してくれるに違いない人とか、自分を訪ねてくれるに違いな

はさるべき事《こと》なれば、とり分《わ》かれしもせず。さもあるまじき人《ひと》の、さしいらへをもうしろやすくしたるは、うれしきわざなり。いとやすき事《こと》なれど、さらにえあらぬ事《こと》ぞかし。

おほかた心《こころ》よき人《ひと》の、まことにかどなからぬは、男《おとこ》も女《おんな》もありがたき事《こと》なめり。また、さる人《ひと》もおほかるべし。

い人は、そうしてくれるのが当然な人間関係だから、格別感激もしない。けれども、それほどの間柄でもない人が、ちょっとした受け答えでも、こちらを心強くしてくれるのは、うれしいことよね。こういうことって何の造作もないことなんだけれど、実際にはなかなかできないものよ。

大体、人柄のいい人で、本当に頭のよく働く人は、男でも女でも、めったにいないようね。いやいや、いろんな人とつきあってみれば、そういう人も案外多いに違いないわ。

見どころ

他人に対する「思いやり」を言葉にして表すことが大事であることを指摘している点がポイント。「お気の毒に」とか「どんなにかお辛いでしょう」などと、思いやる言葉を相手に伝えることが大切だと言うのです。その言葉に深い心が伴っていなくても、言葉にしないよりは言葉にした方が、へこんでいる人間を勇気付けるという指摘なのです。

もちろん心がこもっている方が

たしかに、清少納言の主張は当たっています。たとえば、大学受験で志望校に入れず、落胆している時に、「あいつなら、もう一度やれば合格間違いなしさ」とAさんが言っているというのを人づてに聞くと、もう一度チャレンジしてみようという気持ちを奮い立たせてくれますからね。

人づてに聞いた同情の言葉の方が、直接顔を合わせて言われたのよりうれしい、と清少納言は言っています。それは、本人に聞かれることを意識しないで発せられた言葉の方が純粋であり、心がこもっているからです。

何があったのか？

清少納言がこの章段を執筆した時期は、定かではありません。でも、強気の清少納言が、他者からの「思いやり」の言葉だけでうれしい、慰められるなどと言っているところから察するに、相当弱っている時期の体験をもとにしていると考えられます。

彼女が弱気になる事件は、二つあります。一つは、お仕えする中宮定子《ていし》が没落していくことです。すでに触れたように、定子の父藤原道隆《ふじわらのみちたか》は、流行病で長徳元年（九九五年）に亡くなります。すると、兄の伊周《これちか》と叔父道長《みちなが》との勢力争いが表面化してきます。そんなさなかに女性をめぐる誤解から、伊周と弟隆家《たかいえ》の従者が、花山院に弓を射かける事件を起こしてしまった。道長は、これを政治的に利用し、二人を流罪に。定子は、後ろ盾を失い、以後没落の一途をたどります。道長にまんまとやられていく定子側に「お気の毒に」と言う人もきっといたでしょう。そんな経験を踏まえて、この章段は書かれているのではないのか。

もう一つは、清少納言が道長側に寝返ったという噂《うわさ》です。その噂のせいで、清少納言は一時定子のもとから離れ、実家に引きこもっていました。その時に、「おかわいそうに、あなたのように心から定子様をお慕いしている方はいないのにね」などという、思いやりの言葉をかけられ、ほろりとした可能性もあります。気弱になった清少納言の発言は、読者に「何かあったの？」と、背後の事情まで考えさせます。

陰陽師《おんようじ》のもとなる小童《こわらわ》べこそ（二八一段）

陰陽師《おんようじ》のもとなる小童《こわらわ》べこそ、いみじう物《もの》は知《し》りたれ。祓《はらえ》などしに出《い》でたれば、祭文《さいもん》などよむを、人《ひと》はな

気の利く子
陰陽師《おんようじ》のもとで使われている小さな子供ときたら、何でもよく心得ている。陰陽師と祓《はら》えなどしに出かけると、主人の

ほこそ聞《き》け、ちうと立《た》ち走《はし》りて、「酒《さけ》、水《みず》いかけさせよ」とも言《い》はぬに、しありくさまの、例知《れいし》り、いささか主《しゅう》に物言《ものい》はせぬこそうらやましけれ。さらむ者《もの》がな、使《つか》はむとこそおぼゆれ。

陰陽師が祭文《さいもん》（祓えの主旨を書いて、神に読み上げる文章）などを読むのを、他の人はただぼんやりと聞いているだけだけれど、その子供はすばやく走り回って、陰陽師が「酒、水を注ぎかけなさい」とも言わないうちに、やってのけてまわる様子がいかにも作法をわきまえている。少しも主人に余計な口を利かせないで済ませるところが全くうらやましい。ああいう気の利いた子がいないものかしら？使ってみたい、とまで思われるわ。

見どころ

気の利く人間が活写されている点が見どころ。現実には、なかなか気の利く人間はいない。だから、清少納言の目に留まったのです。陰陽師《おんようじ》と小童《こわらわ》との関係に、主従関係のあるべき姿を見ているのです。

仕える人間の気働き

清少納言と中宮定子との関係は、まさに、ここに描かれた小童と陰陽師との関係と同じ。それは、この章段の直前の「雪のいと高う降りたるを、例ならず御格子《みこうし》まゐりて」(二八〇段)から、うかがえます。

雪が高く降り積もっているので、女房たちは昼間ではあるが、格子を下ろして火鉢に火を入れて部屋を暖めている。すると、中宮様が「少納言よ、香炉峰《こうろほう》の雪は、どんなふうかしら?」とおっしゃる。清少納言は、さっそく女官に格子を開けさせ、自分は簾《すだれ》を高く上げて、中宮に雪景色をご覧に入れる。

中宮は、せっかくの雪景色なのに、格子を閉め切っている無粋さに対して婉曲な注意を与えていたのです。清少納言は、中宮の問いかけから、白楽天の「遺愛寺の鐘は枕を欹《そばだ》てて聴き、香炉峰の雪は簾を撥《かか》げて看《み》る」の句を思い浮かべ、中宮の意向を瞬時に理解して、ただちに行為に表した。他の女房たちも感心したという話。有名な章段ですね。

この章段から清少納言は自慢屋と言われてしまっています。確かにそういう面も否定できません。でも、見落としてはならないのは、「香炉峰」の話の直後に、ここで採り上げた陰陽師に仕える小童の話が続いていることです。清少納言が「香炉峰」の話でも、言いたかったことの一つは、仕える者の気働きだったと思えます。主人の意向をいちはやく察知する力です。清少納言はそうした気働きがあったからこそ、中宮に愛されたのです。

現在でも、上役に気に入られる部下がいます。そういう部下は、観察してみると、上の意向をすばやく察し、指示される前にすでに行動に移している人間です。ま、向き不向きがありますから、そうしろと言われてもできない人間も多いのですが、清少納言の指摘は、現在の上司と部下の関係にも通用する普遍性を持っています。

3 失礼な言葉遣いをしないで

二四四段 一八六段

文ことばなめき人こそ(二四四段)

文《ふみ》ことばなめき人《ひと》こそ、いとにくけれ。世《よ》をなのめに書《か》きながしたることばのにくきこそ。さるまじき人《ひと》のもとに、あまりかしこまりたるも、げにわろき事《こと》なり。されど、わ

敬語をきちんと使って

手紙の文句の失礼な人って、ホントに腹立たしいわ。世間を小ばかにしたように書き流している言葉の憎たらしいこと！ まあ、それほどでもない人に、バカ丁寧な言葉遣いで書いているのも、どうかと思うけれどどね。

だけど、失礼な手紙は、自分が受け取

が得《え》たらむはことわり、人《ひと》のもとなるさへにくくこそあれ。おほかた、さし向《むか》ひても、なめきは、などかく言《い》ふらむと、かたはらいたし。まいて、よき人《ひと》などをさ申《もう》す者《もの》は、いみじうねたうさへあり。田舎《いなか》びたる者《もの》などの、さあるは、をこにて、いとよし。

男主《おとこしゅう》などなめく言《い》ふ、いとわるし。わが使《つか》ふ者《もの》などの、「何《なに》とおは

ったのはもちろん、他の人のところへ来たのまでも、腹が立っちゃうわね。

だいたい、面と向かっても言葉遣いが失礼なのは、「なんでそんなふうに言うんだろう」と、そばで聞いているのもイヤになっちゃう。まして、高貴な方のことなんかを失礼な言葉でしゃべっている者は、許しがたいわね。田舎からぽっと出てきた連中がぞんざいな口を利くのは、当人が滑稽に見えて、すごく愛嬌がある。

でも、旦那様などに対して、ぞんざいな言葉遣いをするのは、とってもみっともないわね。召し使っている者なんかが、自分の行為なのに、「何々でおいで

する」「のたまふ」など言《い》ふ、いとにくし。ここもとに「侍《はべ》り」などいふ文字《もじ》をあらせばやと、聞《き》くこそおほかれ。さも言《い》ひつべき者《もの》には、「人間《にんげん》の愛敬《あいぎょう》な。などかう、このことばは、なめき」と言《い》へば、聞《き》く人《ひと》も言《い》はるる人《ひと》も笑《わら》ふ。かうおぼゆればにや、「あまり見《み》そす」など言《い》ふも、人《ひと》わろきなるべし。

殿上人《てんじょうびと》、宰相《さいしょう》などを、ただ名《な》のる

になる」「おっしゃる」などと言ってるのを聞くと、ものすごく頭にくる。そこのところに「存じます」などの言葉を使わせたいものだ、と思うことがすっごく多い。

　気軽に注意してやれるような者には、私が「まあ、変だわ。愛想のないこと。どうして、そう、あんたの言葉はぶしつけなの？」と言うと、傍らで聞いている人も言われた当人も笑う。私がこう言葉に神経質になるからかしら、「あまり細かいところに目をつけすぎます」などと人が言うのも、私に注意されると、体裁が悪いからなのよ。

殿上人《てんじょうびと》や参議などを、本名そのままに

名《な》を、いささかつつましげならず言《い》ふは、いとかたはなるを、清《きよ》うさ言《い》はず、女房《にょうぼう》の局《つぼね》なる人《ひと》をさへ、「あのおもと」「君《きみ》」など言《い》へば、めづらかにうれしと思《おも》ひて、ほむる事《こと》ぞいみじき。

殿上人《てんじょうびと》、君達《きんだち》、御前《おまえ》よりほかにては官《つかさ》をのみ言《い》ふ。また、御前《おまえ》にてはおのがどち物《もの》を言《い》ふとも、聞《きこ》しめすには、などてか「まろが」などは言《い》

何の遠慮会釈もなく口にするのは、とても聞き苦しいことね。本名をはっきり言わないのはいいのだけれど、女房の局《つぼね》で使われているような身分の女に対してまで、「あの方」「あの君」などと呼ぶのは、ちょっと行き過ぎね。そんなふうに呼ばれると、「こんなうれしいことはないわ」と思って、そう言ってくれた人を褒《ほ》めること褒めること。

殿上人や若君達《わかきんだち》については、天皇や中宮様がいらっしゃらない時は、官職名だけを言うのが普通ね。

また、天皇や中宮様がいらっしゃる時には、女房たちはお互いに話す時でも、お耳に入るんですから、「まろが（＝あた

はむ。さ言《い》はむにかしこく、言《い》はざらむに、わろかるべき事《こと》かは。

しが)」などと言っちゃあいけないわ。そんな打ち解けた言葉を聞かせてしまうのは、恐れ多いし、そんな言葉を遣わなくても、困ることなんか何もないでしょ!

見どころ

言葉遣いに敏感に反応する清少納言の感性が見どころ。

敬語は正しく使いなさい

清少納言が、特に腹を立てるのは、失礼な言葉遣いに対してです。でも、「それほどでもない人に、バカ丁寧な言葉遣いで書いているのも、どうかと思う」と言っていますね。過ぎたるは及ばざるが如しで、かえって嫌味になることを彼女はしっかりと把握しています。

話し言葉でも、敬語がしっかり使えていないと、腹を立てています。目上の人のことについて尊敬語できちんと他者に語って聞かせられなかったり、自分のことについて謙譲語でしっかりへりくだった物言いができなかったりすると、「どうして、こうも、あんたの言葉はぶしつけなの！」です。謙譲語を使うべきところに尊敬語を使ったりすると、「近頃のやつは、敬語がナットラン。こういう間違いがすごく多いんだから」と当節の大人さながらの怒りようです。こういうところが『枕草子』の受ける理由なんですね。現今の大人は、こういうくだりを読むと、「うん、よく言ってくれた。私もそう思う」と膝をたたきたくなってしまうのです。

また、偉い人が傍らにいらっしゃるのに、同僚同士が打ち解けた仲間言葉で「まろ（＝あたし）」なんて言ってしゃべりあっているのも戒めています。これも、今に共通しますね。社長が傍らにいるのに、部下同士でくずれた仲間言葉でわいわいしゃべりあっているのは、傍らにいる人をないがしろにしていることになり、失礼なのです。もっと言えば、人に聞かれても聞き苦しくない会話を心がけなさい、と言っているのです。

彼女は、さらに言葉遣いについてのマナーを次の章段のように主張します。

ふと心おとりとかするものは（一八六段）

ふと心《こころ》おとりとかするものは　男《おとこ》も女《おんな》もことばの文字《もじ》いやしう使《つか》ひたるこそよろづの事《こと》よりまさりてわろけれ。ただ文字《もじ》一つに、あやしう、あてにもいやしうもなるは、いかなるにかあらむ。さるは、かう思《おも》ふ人《ひと》、ことにすぐれてもあらじかし。いづれをよしあしと知《し》るにかは。さ

下品な言葉遣いは慎んで

ふっと軽蔑とかしたくなるものって、男でも女でもなんだけど、会話に下品な言葉遣いをしているの。それって、どんなことよりも一番悪いって気がする。ほんの言葉遣い一つで、不思議に、上品にも下品にもなってしまう。いったいどうしてなのかしらねえ。ま、そう言ったからといって、私が言葉遣いが特に優れてるってわけじゃあないのよ。どれが、「いい」とも「悪い」とも客観的に判定なんかできないわ。でも、他人はどう考

れど、人《ひと》をば知《し》らじ、ただ心地《ここち》にさおぼゆるなり。

いやしきこともわろきことも、さと知《し》りながらことさらに言《い》ひたるは、あしうもあらず。我《われ》もてつけたるを、つつみなく言《い》ひたるは、あさましきわざなり。また、さもあるまじき老《お》いたる人《ひと》、男《おとこ》などの、わざとつくろひひなびたるはにくし。まさなきこともあやしきことも、大人《おとな》な

えるか分からないけど、私自身が、いいな、悪いな、って感じるのよ。

下品な言葉でも、悪い言葉でも、そうだと心得たうえで、わざと言ったりするのは、悪くはないのよ。そういう意識もなくて自然に身に付けちゃった言葉を臆面もなくしゃべってるのは、すごくみっともない。

また、そうあっちゃいけない老人や男性なんかが、わざと気取って田舎びた言い方をするのって腹が立っちゃう。よくない言葉も、変な言葉も、年かさの人は遠慮もなく言っている。それを聞かされる若い人がすごくきまり悪がって恥ずかしくて消え入りそうにしているのは、も

るは、目《ま》の面《も》なく言《い》ひたるを、若《わか》き人はいみじうかたはらいたきことに、消《き》え入《い》りたるこそ、さるべきことなれ。何事《なにごと》を言《い》ひても、「その事《こと》させんとす」「言《い》はんとす」「何《なに》とせんとす」と言《い》ふ「と」文字《もじ》を失《うしな》ひて、ただ「言《い》はんずる」「里《さと》へ出《い》でんずる」など言《い》へば、やがていとわろし。まいて文《ふみ》に書《か》いては、言《い》ふべきにもあ

っともなことだわね。

何を言うにしても、「その事させんとす（＝それはそうしようと思う）」「言はんとす（＝言おうと思う）」「何とせんとす（＝何々しようと思う）」と言う時の「と」を略して、「言はんずる」「里へ出でんずる」などと言うと、もうそれだけですっごくダメ。まして、手紙に書いたとなると、言語道断！

物語なんかにその手の言葉遣いがしてあると、ああ、なんて溜息をつきたくなるし、作者までかわいそうになっちゃう。

「ひとつ車に」と言うべきなのに、「ひてつ車に」と訛《なま》って言う人もいたわ。

らず。物語《ものがたり》などこそあしう書《か》きなしつれば、言《い》ふかひなく、作《つく》り人《びと》さへいとほしけれ。「ひてつ車《くるま》に」と言《い》ひし人《ひと》もありき。「もとむ」といふ事《こと》を「みとむ」なんどはみな言《い》ふめり。

「もとむ」と言うべきなのに、「みとむ」なんて訛って言うの。これは多くの人が言ってるようだけど、やっぱりイヤ。

見どころ

発音を省略したり、訛《なま》ったりした言葉遣いを、具体例をあげて指弾しているところが見どころ。

相手や場面や効果を考えて

清少納言は、訛りの入った言葉が特に嫌い。「言はんとす（＝言おうと思う）」と言わなくてはならないのに、「言はんずる」と縮めて発音したり、「ひとつ車に」と言うべきところを「ひてつ車に」と訛ったりすると、「もうそれだけでダメ！」と切り捨てています。現在に当てはめると、「うまい」と言わずに「うめー」と言ったり、「あさひ」というべきところを「あさし」などと訛ったりすると許せないと言うわけ。確かに、と言いたくなりますね。

でも、下品な言葉でも、悪い言葉でも、本人がそうだと心得たうえで、わざと言ったりするのは認めています。そういう言葉の効果も心得ているのです。

前出の「文ことばなめき人こそ」（二四四段）と、この段の「ふと心おとりとかするものは」を合わせ読むと、清少納言の言葉遣いに対する明確な主張が読みとれます。「相手や場面や効果を考えて、言葉というものは使うものです」。これが、清少納言の主張。それは、どこでもいつでも通用する普遍的な言葉の運用の仕方。一千年も昔の清少納言がきっちりそれを言い切っているのです。

言葉に対する限りない興味

清少納言は、言葉遣いのみならず、言葉そのものに並々ならぬ関心を持っています。言葉に対する探究心がある。だから、読んでいて「賛成よ」とか「こうじゃあないの？」などと、思わず彼女に話しかけてしまうことが多いのです。以下、本書では採り上げなかった章段で、言葉に関するものを、いくつか紹介してみます。

たとえば、「池は」（三六段）の章段。いろんな池の名前が列挙されています。その中で奇妙な「水なしの池」に清少納言は鋭く反応。「どうしてそんな名前なの？」と、彼女が名前の由来を人に尋ねると、こんな答えが返ってきました。「五月なんかに雨がひどく降りそうな年は、必ずこの池に水がなくなるからですよ。逆にひどい日照りが予想される年には、春の初めに水がたくさん湧き出すからです」。清少納言は、「あら、変よ」と口にこそ出しませんでしたが、こんな反論を心の中でしています。「全然水がなく干上がっているならばこそ『水なしの池』とも言えるだろうけど、水が湧き出る時もあるのよ。すごく一方的な名前の付け方じゃない？」と。彼女の考え方には一理あります。

「でも」と、私はいつの間にか彼女と対話をはじめています。「池に水があるのは当然でしょ？　だから、そちらに注目する必要はない。池に水がないことこそ、変なことよ。だから、水のないほうに注目して名前を付けたんじゃあないの？」。彼女が納得してくれるかどうかは分かりません。でも、こんなふうにいつのまにか読者を対話にひきこんでしまうところが、『枕草子』にはあります。

「つまとりの里」って？

「里は」（六三段）では、「つまとりの里」という名前の里が出てきます。この名を聞いて、清少納言は直ちに反応。「つまを人に取られたのかしら、それとも自分がひとのつまを取って自分のものにしたのかしら。考えると興味引かれちゃう」と。確かに詮索したくなる里の名前。

清少納言は、こんなふうに物の名前を聞くと、その名前からただちに意味を連想する癖があります。「草は」（六四段）では、「おもだか」という草の名前を聞いて、「面高」

という意味を思い浮かべ、「昂然と顔を高く上げて思い上がっているのだろう」と思いを馳せて、くすりと笑っています。「あやふ草」。なるほど、『あやふし（＝危ない）』という名のとおり、崖の危ういところに生えているものね」。「いつまで草」は「崖っぷちの草よりも崩れやすそうな岩壁に生えているので、いつまで寿命が持つのやら、って感じだものね」と思って、「いつまで草」を気の毒がっています。

「事なし草」。いいじゃない、「事成し（＝事を行う）」で、「思うことを成し遂げるのかしら」と頼もしがっています。

シャレもステキ

「無名《むみょう》といふ琵琶」（八九段）には、こんな話が出ています。清少納言のお仕えする中宮定子《ていし》の妹君は、すばらしい笙《しょう》の笛を持っていた。「いなかへじ」という名前の付いた笛。当時は、名器と言われる楽器には珍しい名前が付いている。この笛を定子の弟である僧都《そうず》がほしがっていた。僧都も、中国伝来のすばらしい七弦の琴《きん》の琴《こと》を持っている。僧都は、その琴を差し上げるから、代わりに笛を譲ってほしいと妹に何回も申し出た。

でも、妹は返事をしない。僧都は、妹が返事をしない理由が分からない。中宮定子はこう口にされた。「笛の名前は『いな、かえじ（＝いいえ、取り替えません）』ですからね」。これを聞いた清少納言の喜びようは言うまでもない。「これ以上面白いことってないわよ」と感動しています。

シャレを言う中宮にお仕えした彼女は、幸せを満喫していたのです。

「尻長」の方がふさわしいのに

清少納言は、さらに同僚たちと言葉をあげつらっては楽しんでいます。たとえば、「などて官得《つかさえ》はじめたる六位の笏《しゃく》に」（一二八段）では、同僚たちとワイワイこんなことを言い立てています。

童女の着る「汗衫《かざみ》」という名前は解せないわね。背の身ごろが長く後ろに引いているんだから、「尻長《しりなが》」と言う方がいいのに。「唐衣《からぎぬ》」、丈が短いんだから「短衣《みじかぎぬ》」でいいじゃない。でも、唐土《もろこし》（＝中国）の人の着物だったから、その名前でも仕方ないか。
「袴《はかま》」、なんてつまらない名前なの！　「指貫《さしぬき》」、なんで「さしぬき」なのよ。足に付けてるんだから、「足の衣《きぬ》」とか、きゅっとくるぶしの上でくくってしまうんだから、「袋《ふくろ》」と言えばいいのよ！

まあ、言いたい放題ですが、言葉をめぐる話題で夜遅くまで盛り上がっています。平安時代の後宮は、こうした会話を楽しめる教養あふれる女性たちで一杯だったんですね。

4 まあ、許容範囲ね

一七八段　一三八段

したり顔なるもの（一七八段）

したり顔《がお》なるもの　正月一日《しょうがちついたち》にさいそに鼻《はな》ひたる人《ひと》。よろしき人《ひと》はさしもなし。下臈《げろう》よ。きしろふたびの蔵人《くろうど》に、子《こ》なしたる人《ひと》のけしき。また、除目《じもく》に、その年《とし》の一《いち》の国得《くにえ》た

昇進して得意満面

得意顔なもの。正月一日に、最初にくしゃみをした人（無病息災延命長寿のまじないの一番乗りができるからなのよ）。まずまずの身分の人は得意顔なんかしない。下の身分の者がすることね。

競争の激しい時の蔵人《くろうど》に、首尾よく自分の子を任官させた人の様子。また、除《じ》

る人《ひと》。よろこびなど言《い》ひて、「いとかしこうなりたまへり」など言《い》ふいらへに、「何《なに》かは。いとことやうにほろびてはべるなれば」など言《い》ふも、いとしたり顔《がお》なり。

また、言《い》ふ人《ひと》おほく、いどみたる中《なか》に、選《え》りて婿《むこ》になりたるも、われはと思《おも》ひぬべし。受領《ずりょう》したる人《ひと》の宰相《さいしょう》になりたるこそ、もとの君達《きんだち》のなりあがりたるよ

目《もく》（地方官を任命する儀式）でその年の一番よい国の受領《ずりょう》（国司）になれた人。人がお祝いの言葉を述べて、「みごとに就任なさいましたね」などと言う。その返事に、「いやいや、ひどく疲弊している国だそうですから」などと謙遜《けんそん》してみせるのも、いかにも得意げ。

また、求婚者が多く、競り合った末、多くの中から選ばれて婿になったのも、「オレはすごいぜ！」ときっと思っているわよ。

国司勤めをしていた人で参議になったのときたら、もともと大家の坊ちゃんで参議に昇進した人よりも、得意満面。上流に伍したと思い、自分は大したものだ

まあ、許容範囲ね

りも、したり顔《がお》に、けだかう、いみじうは思《おも》ひためれ。

と思ってるに違いないわ。

見どころ

得意げな顔をした人を、なんだかんだ言っても、一応認め許しているところが見どころ。「したり顔」というのは、「してやったり（＝うまくやったぞ）」という、自慢げな顔です。

いいポストを見事にゲットして得意になってるヤツ、婿選びに競り勝って自慢顔のヤツ、一ランク上の地位に昇進して得意満面のヤツ。こういうヤツに対して、普通の人間は、反感を持ちます。「鼻持ちならん」と、嫉妬心も交じって、そういう人を排除します。でも、清少納言は、普通の人と違って、許容範囲にしている。なぜでしょうか？

したり顔の人

実は、清少納言自身が「したり顔」の人間だからです。紫式部は、清少納言にライバル意識を持っていた人ですが、『紫式部日記』にこんなことを記しています。「清少納言こそ、したり顔にいみじうはべりける人。さばかりさかしだち、真名書きちらしてはべるほども、よく見れば、まだいと足らぬこと多かり（＝清少納言は、実に得意顔をして偉そうにしていた人です。あれほど利口ぶって漢字を書き散らしていますけれど、よく見れば、まだひどく足りないところがたくさんあります）」。

紫式部は、高みに立って清少納言批判をしています。清少納言の漢学の知識なんてたいしたことないわ。浅くて間違っていることが多い。私のほうが上よ、と言わんばかりの発言です。この後も、紫式部の清少納言への激しい批判は続き、最後には清少納言のような人間の晩年はいいはずがないとまで言い切っています。

というわけで、清少納言は紫式部に「したり顔」の人とレッテルを貼られています。

したり顔を自己弁護

でも、実は、清少納言自身、自分が自慢屋であることを意識しています。『枕草子』に、「中納言まゐりたまひて」（九八段）という章段があります。そこでは、藤原隆家《ふじわらのたかいえ》が扇にする骨について「全然見たこともない骨のみごとさだ」と話しているのを聞いて、清少納言はとっさに「それじゃあ、扇の骨じゃあなくてクラゲの骨なんですね」と言ったら、すごく受けたという自慢話を披露しています。クラゲには骨がない。それで当時、めったにない幸運に恵まれることを「クラゲの骨に会う」と言いました。隆家が「見たこともない骨」と言ったので、すかさず清少納言が「クラゲの骨なんですね」とジョークをとばしたわけです。こんな話を得意気にしたあと、こう自己弁護をしています。「かやうの事こそは、かたはらいたき事のうちに入れつべけれど、『一つな落としそ』と言へば、いかがはせむ（＝このような自慢話は、聞き苦しくていたたまれない感じがすることの中に入れてしまうべきであろうけれど、『一言も書き落とさないでほしい』と言うので、どうしようもなく、書き付けておくのよ）」と。

また、「関白殿、二月二十一日に、法興院《ほこいん》の」（二六〇段）でも、藤原道隆《ふじわらのみちたか》の催した積《さく》善寺《ぜんじ》での一切経供養の席で、清少納言は中宮から特等席を与えられたことを得意げに語った後、こう記しています。『かかる事』などぞみづから言ふは、吹き語りなどにもあり（＝こんなことがあったなどと自分から言うのは、自己宣伝でもあり）」、でも、事実だから仕方ないのよと自己弁護をしています。清少納言は、自分が「したり顔」の自慢屋であることを意識していたのです。だからこそ、「したり顔」の人を許すのです。否定したら、自己否定になってしまいますからね。

正月《しようがち》十余日《よひ》のほど（一三八段）

正月《しようがち》十余日《よひ》のほど、空《そら》いと黒《くろ》う曇《くも》り厚《あつ》く見《み》えながら、さすがに日《ひ》は、けざやかにさし出《い》でたるに、えせ者《もの》

子供の競い合い

一月の十日を過ぎたころ、空は真っ黒に厚い雲におおわれているように見えているのに、それでもなお春の日の光がは

の家《いえ》のあら畑《ばたけ》といふものの、土《つち》うるはしうもなほからぬ、桃《もも》の木《き》の若立《わかだ》ちて、いとしもとがちにさし出《い》でたる、片《かた》つ方《かた》はいと青《あお》く、いま片《かた》つ方《かた》は濃《こ》くつややかにて、蘇芳《すおう》の色《いろ》なるが、日影《ひかげ》に見《み》えたるを、いとほそやかなる童《わらわ》の、狩衣《かりぎぬ》はかけ破《や》りなどして、髪《かみ》うるはしきがのぼりたれば、ひきはこえたる男子《おのこご》、また小脛《こはぎ》にて半靴《ほうか》はきたるなど、木《き》のもとに立《た》ち

つきり雲間からさしはじめた。

身分の卑しい者の家の荒畑とか呼ぶ荒れ放題の畑で、畝も崩れてまっすぐになっていない畑に、桃の木が若返って、小枝をたくさん出している。その若枝の片側はとても濃い緑色、もう片側は日差しを受けて濃い上につやつやとして蘇芳《すおう》色に見える。

その木に、ひどくほっそりした、髪の綺麗な少年が、狩衣《かりぎぬ》をかぎ裂きにしながら、登っていく。

木の下では着物を尻はしょりした男の子や脛《すね》丸出しで半靴《ほうか》を履いた少年などが立っていて、「ぼくに毬《まり》を打つ杖になるような枝を切っておくれよ」などと頼ん

て、「われに毬打《ぎちょう》切《き》りて」などこふに、また、髪《かみ》をかしげなる童《わらわ》の、袙《あこめ》どもほころびがちにて袴萎《はかまな》えたれど、よき袿《うちき》着《き》たる三、四人《にん》来《き》て、「卯槌《うづち》の木《き》のよからむ切《き》りておろせ。御前《おまえ》にも召《め》す」など言《い》ひて、おろしたれば、ばひしらがひ取《と》りて、さし仰《あお》ぎて、「われにおほく」など言《い》ひたるこそをかしけれ。

黒袴《くろばかま》着《き》たる男《おのこ》の走《はし》り来《き》てこふに、

でいる。

　また、髪の毛の美しい女の子で、袙《あこめ》は破れがち、袴《はかま》は糊気がとれているけれど、上品な袿《うちき》を着たのが三、四人来て、「卯槌《うづち》の木にするのに良い枝を切っておろして。ご主人様もほしいとおっしゃってるの」などと言う。少年が枝を下ろすと、奪い合いをして手に持ち、木の上の少年を見上げて、「わたしにもっとたくさんちょうだい」などと言っているのは、かわいい。

　黒い袴をはいた男が駆けつけてきて桃の枝をほしがると、木の上の少年はうんざりして「この上まだほしいっていうのかい？」などと答える。男は腹を立てて

「まして」など言《い》へば、木《き》のもとを引《ひ》きゆるがすにあやふがりて、猿《さる》のやうにかいつきてをめくもをかし。梅《むめ》などのなりたるをりも、さやうにぞするかし。

木の幹を揺さぶる。木の上の少年は怖がって、猿のような格好で木にしがみついて大声を上げている。こういう光景って、面白いわね。

梅の実などがなった時にも、同じような騒ぎをするのよ。

見どころ

春の一日、桃の木に登って若枝を切り下ろす男の子と下で待ち受ける少年少女たち、後から駆けつける大人の男、これらの姿が目の前に繰り広げられているかのように鮮やかに描かれている点が見どころ。ぎゃあぎゃあ騒ぐ子供たちに暖かいまなざしを注ぎ、こんなのはうるさくてもいいんじゃない、と清少納言は許容範囲にしています。梅の実がなる時も、こんな騒ぎをするのよと、やや楽しそうでもあります。

卯槌《うづち》は、悪鬼をさけるためのまじないの槌。桃の枝を約三センチメートル四方、長さ約九センチメートルの直方体に切り、そこに縦に穴を開け、組糸を垂らして作ります。公では、正月の最初の卯の日に糸所《いとどころ》（＝平安時代の中務省《なかつかさ》縫殿寮《ぬいどののつかさ》の管轄の官庁）から朝廷に卯槌を献上する儀式があります。

毬打《ぎちょう》は、槌の形の杖で、木製の毬《まり》を打って楽しむ正月の遊びですが、そこに使う杖のことも意味します。子供の台詞《せりふ》にある「われに毬打切りて」の「毬打」は、杖の方です。桃の木の枝で作るんですね。というわけで、正月には、桃の木が大活躍です。

絵画的な描写力

『枕草子』を読んでいると、眼前にその光景が見えてくることが多い。採り上げた章段も、わいわい戯れる子供たちと大人の繰り広げる光景が絵画的に展開しています。

印象鮮明な光景は、他にもたくさんあります。たとえば、「月のいと明きに」（二一六段）。こうあります。

月のいと明きに、川をわたれば、牛の歩むままに、水晶などのわれたるやうに、水の散りたるこそをかしけれ。

月の明るい晩、牛車《ぎっしゃ》で浅い川を渡る。牛が歩くにつれて水しぶきが上がる。それは、月光を浴びて、水晶などが割れて乱れ飛んでいるかのように、きらきら光り飛び散る。眼前にその光景が見えるような描写です。清少納言の絵画的な描写力に感服する章段の一つです。

一言まとめ――人としてのマナー――

清少納言は、どちらかというと、「こういう人はいいわね」とほめることは多くはない。「こういう人は許せない」ということを書いた章段の方が勢いがあって説得力があります。鋭い批判の方が得意なんですね。

相手のことを思いやって

清少納言は、男女関係のところでも、男性に思いやりを求めていました。でも、それは、男女を問わず、「人としてのマナー」の面でも、最重要事項。

清少納言が、人としてのマナーに欠けるということで批判する数々の事柄の根底にあるのは、他人に対する思いやりのなさです。相手に不愉快な思いをさせる自分本位な行動が批判の的なのです。

相手がどんな状況にあるかを考えずに、一方的にしゃべりまくる人。他人の目にどう映るかを考えたこともなく、酒を飲みすぎ醜態をさらしている人。他人にどんな不快感を与えているかを想像することなく、大きな音をさせる人。権力を笠《かさ》に着て平気で他人の家の植木を引っこ抜いて持っていく人。こういう人は、そういう仕打ちをされた側への配慮が欠けているのです。

相手のことを考えて常に行動しなさい。これが、清少納言の最も言いたいことです。相手の身になって考えると、さほど親しくない人にも優しい言葉をかけられる。相手を喜ばせることもできる。人としてのマナーの基本は、他者を思いやり、他者の目に映る自分を意識して行動すること。清少納言は、そう言い切っています。

子供をきちんとしつけて

清少納言は、愛らしい子供たちには限りなく、やさしく接していますが、悪ガキには容赦しません。他人の家に入ってきて物をとっちらかしたりするような悪ガキは大嫌いです。そもそも、親の育て方が悪いのよ、と彼女の批判の矢は、親に向かっていきます。子供をきちんとしつけて頂戴。しつけのできない親も、人としてのマナーに欠ける人なのです。

言葉遣いに気をつけて

言葉遣いは、他人が聞いていて「ああ、いいわね」と思うようなものであること。これが清少納言の主張です。常に敬語を使ったり、上品な言葉で話したりする必要はないのです。時と場所と場面に最もふさわしい言葉遣いこそ、聞いていて耳に快いのよ、と彼女は言っているのです。だから、下品な言葉でも、その場にピッタリで効果的であれば、それはそれで認めています。考え方が硬直化していない。そこが、清少納言のぴかりと光るところです。

得意顔は大目に見よう

得意になっている人を見るのは、あまり愉快ではないけれど、本人にすれば頑張って結果を出しているのだから、大目に見てあげようよ。清少納言は、こんな主張もしていました。なかなかユニークな主張です。

私たちは、得意顔の人を見ると、つい嫉妬心が先ばしって、あまりいい感情を抱かない。でも、自分を顧みれば、やっぱり勝者になった時は、うれしくてつい得意顔をしてしまいます。それが素直な心の動き。だから、大目に見ましょうね、というのが清少納言の意見です。彼女の太っ腹でさっぱりした気性が読者にも伝わってきます。

Ⅲ

感じる心

1 なんてステキな光景なの！

一段　一四五段

春はあけぼの（一段）

春《はる》はあけぼの。やうやうしろくなりゆく山《やま》ぎは、すこしあかりて、紫《むらさき》だちたる雲《くも》のほそくたなびきたる。

夏《なつ》は夜《よる》。月《つき》のころはさらなり、闇《やみ》

自然美に打たれる

春は夜明け！　だんだん白んでゆく山ぎわの空がほんのり明るくなって、紫がかった雲が細くたなびいているのが、すごくステキ。

夏は夜！　月のある時分は言うまでもないわね。月のない闇夜でも、やっぱり蛍がたくさん乱れ飛んでいるのは幻想

もなほ、蛍《ほたる》のおほく飛《と》びちがひたる。また、ただ一つ二つなど、ほのかにうち光《ひか》りて行《ゆ》くもをかし。雨《あめ》など降《ふ》るもをかし。

秋《あき》は夕暮《ゆうぐれ》。夕日《ゆうひ》のさして山《やま》の端《は》いと近《ちこ》うなりたるに、烏《からす》のねどころへ行《ゆ》くとて、三つ四つ、二つ三つなど飛《と》びいそぐさへあはれなり。まいて雁《かり》などのつらねたるが、いと小《ちい》さく見《み》ゆるは、いとをかし。日入《ひい》り果《は》て

的。また、ほんの一つ、二つの蛍がかすかに光って飛んで行くのも、すごく趣がある。雨などの降るのも、風情があるわ。

秋は夕暮れ！　夕日がさして、山の端すれすれになっている時に、カラスがねぐらへ帰ろうとして、三つ四つ、二つ三つなどと飛んで急いで帰る姿までも哀れを誘う。まして雁《かり》などが列を組んで飛んでいく姿がごく小さく空のかなたに見えるのは、もう息も詰まるほど感動的。日がすっかり沈んでしまって、風の音や虫の音などが聞こえるのも、これまた言いあらわしようもないほどステキ。

冬は早朝！　雪が降ったのは言うまで

て、風《かぜ》の音《おと》、虫《むし》の音《ね》など、はた言《い》ふべきにあらず。

冬《ふゆ》はつとめて。雪《ゆき》の降《ふ》りたるは言《い》ふべきにもあらず、霜《しも》のいと白《しろ》きも、またさらでもいと寒《さむ》きに、火《ひ》などいそぎおこして、炭持《すみも》てわたるも、いとつきづきし。昼《ひる》になりて、ぬるくゆるびもていけば、火桶《ひおけ》の火《ひ》も、白《しろ》き灰《はい》がちになりてわろし。

もない。霜が真っ白に置いたのもいいわね。また雪や霜がなくても、ひどく寒い朝、炭火などを大急ぎでおこして、それをあちらこちらに持ち運んだりするのも、実に冬の朝らしい。でも、昼になって、だんだん寒さが薄らいでゆくと、丸火鉢の炭火もついほったらかしで白い灰がかぶったままになっていて、よくないわ。

見どころ

『枕草子』以前に、風景描写を散文世界に持ち込んだ人がいるか？　いないと思う、と、渡辺実さんは『古典講読シリーズ　枕草子』（岩波書店）で指摘しています。そうなんです、清少納言がはじめて風景描写を散文世界に持ち込み、見事に文学として成立させた。それが、この章段の見どころです。しかも、『枕草子』の名を高からしめるのに一役買ったほど、完成度の高い風景描写。

簡潔だけれど、余韻がある。洗練された格調の高い文章です。紫式部が清少納言の風景描写を意識して『紫式部日記』を風景描写から始めていることも、すでに指摘されています。萩谷朴《はぎたにぼく》さんの「枕草子を意識しすぎている紫式部日記―反発による近似、比較文学の一命題―」（『二松學舎大学論集』一九六七年度）の論です。紫式部でさえ、ひそかにこの章段の見事さに感服していたのです。

『源氏物語』の風景描写に

清少納言は、風景描写が実にうまい。「九月ばかり夜《よ》一夜《ひとよ》降り明かしつる雨の」（一二五段）にも、雨上がりの後のすばらしい風景描写があります。

一晩中雨が降り続いた翌朝、朝日がさんさんと降り注ぎ、庭の植え込みにかかった露が輝き、今にもはらはらと落ちんばかりになっている。蜘蛛《くも》の巣にも雨の雫《しずく》がかかり、白い玉を貫き通したようになっている。さらに日が昇ると、昨夜の雨に濡れた萩などが、露で重そうにしなり、露が落ちるたびに枝が動き、人が触れてもいないのに、いきなり跳ね上がったりする。こんな風景が感動的に描写されています。

最後の、少し日が昇った時の印象的な場面の原文は、こうなっています。

すこし日たけぬれば、萩などの、いと重げなるに、露の落つるに、枝うち動きて、人も手触れぬに、ふと上ざまへあがりたるも、いみじうをかし。

実は、『源氏物語』を読んでいると、この部分を下敷きにしているのではないかと思われる情景描写に出合います。末摘花邸《すえつむはな》の様子を描いたところです。『源氏物語』では、雨ではなく、雪なのですが、雪の重みに耐えかねてしなっていた橘《たちばな》の枝から雪を落としてやると、傍らの松の木がひとりでに跳ね上がってさっと雪を散らす様子です。こんなふうに描いています。

橘の木の埋もれたる、御随身《みずいじん》召して払はせたまふ。うらやみ顔に、松の木のおのれ起きかへりて、さとこぼるる雪も、（『源氏物語』「末摘花」）

紫式部のこと、『枕草子』の印象的な風景描写を巧みに取り込んだ可能性はありますね。取り入れたくなるほど、『枕草子』の風景描写は優れていた、とも言えます。

うつくしきもの（一四五段）

うつくしきもの　瓜《うり》にかきたるちごの顔《かお》。雀《すずめ》の子《こ》のねず鳴《な》きするにを

子供の愛らしさ
かわいいなあと思うもの。瓜に描いて

どり来《く》る。二つ三つばかりなるちごの、いそぎて這《は》ひ来《く》る道《みち》に、いと小《ちい》さき塵《ちり》のありけるを、目《め》ざとに見《み》つけて、いとをかしげなる指《および》にとらへて、大人《おとな》ごとに見《み》せたる、いとうつくし。頭《かしら》はあまそぎなるちごの、目《め》に髪《かみ》のおほへるを、かきはやらで、うちかたぶきて物《もの》など見《み》たるも、うつくし。

大《おお》きにはあらぬ殿上《てんじょう》童《わらわ》の、装束《そうぞ》

ある幼児の顔。ちゅちゅっと口で鳴きまねをして呼ぶと、踊るようにしてやってくる小雀。

二、三歳くらいの幼児が急いで這《は》い這いしてくる途中、ごく小さいゴミが落ちているのを目ざとく見つけて、とても愛らしげな指で拾って、大人などに見せているのは、実に愛くるしい。

髪を肩のあたりで切りそろえた幼女が、目に髪がかぶさっているのを手で掻《か》きのけることもせず、顔を傾けて物などを見ているのも、とてもかわいらしい。

大柄ではない殿上《てんじょう》童《わらわ》(公卿の子)が立派な衣装を着せられて、歩き回るのもかわいらしい。

きたてられてありくもうつくし。をかしげなるちごの、あからさまに抱《いだ》きて、遊《あそ》ばしうつくしむほどに、かいつきて寝《ね》たる、いとらうたし。

雛《ひいな》の調度《ちょうど》。蓮《はちす》の浮《う》き葉《は》のいと小《ちい》さきを、池《いけ》より取《と》りあげたる。葵《あおい》のいと小《ちい》さき。何《なに》も何《なに》も、小《ちい》さきものは、みなうつくし。

いみじう白《しろ》く肥《こ》えたるちごの、二つばかりなるが、二藍《ふたあい》の薄物《うすもの》など、

愛くるしい赤ん坊をちょっと抱いてあやしてかわいがっているうちに、すがりついて寝てしまったのも、ほんとにいじらしい。

お雛様遊びの道具。池からすくいあげたとても小さい蓮《はす》の葉。すごく小さい葵《あおい》の葉。なんでもかんでも、小さいものは、みな、かわいらしい。

とても色白でまるまるとした二歳くらいの幼児が、二藍《ふたあい》（藍で染めたあと紅花で染める。赤味を帯びた紫）に染めた薄い着物を着て、長い袖を襷《たすき》で背中に結び上げられた格好で這い這いしているのも、かわいいわね。

また、着物の丈が短く、袖ばかりが目

衣長《きぬなが》にて襷結《たすきゆ》ひたるが、這《は》ひ出《い》でたるも、また短《みじか》きが袖《そで》がちなる着《き》てありくも、みなうつくし。八つ九つ十ばかりなどのをのこ子《ご》の、声《こえ》は幼《おさな》げにて文《ふみ》よみたる、いとうつくし。

鶏《にわとり》の雛《ひな》の、足高《あしだか》に、白《しろ》うをかしげに、衣短《きぬみじ》かなるさまして、ひよひよとかしがましう鳴《な》きて、人《ひと》の後先《しりさき》に立《た》ちてありくもをかし。また親《おや》の、ともに連《つ》れて立《た》ちて走《はし》るも、み

立つのを着て歩いている小さい子も、かわいいわ。八つ、九つ、十くらいの年頃の男の子が、きんきんとよく通る子供っぽい声で漢籍を読んでいるのは、すごくかわいい。

ニワトリの雛《ひな》が、細長いすねをにゅっと出し、白く愛らしい姿で、つんつるてんの着物を着たようにして、ぴよぴよとやかましく鳴いて、人の後ろや先に立って付いて回るのも、面白い。また、親鳥が一緒に連れ立って走るのも、みないじらしい。雁《かり》の卵。瑠璃《るり》で作った壺。かわいいわ。

なうつくし。かりのこ。瑠璃《るり》の壺《つぼ》。

見どころ

日常生活で、「ああかわいい」と思えるものを列挙しています。列挙されたものに、女性らしい優しい観察眼がにじみ出ているところが見どころ。

「うつくし」は、余裕のある立場から思わず親近感を示したくなるような愛情を表す言葉。「かわいい」「かわいらしい」「愛らしい」の意味です。ですから、現在使う「美しい」とは少し意味が違っています。現代の「美しい」は、「美しい人」とか「緑色が美しい」「美しい声」などと、姿・形・色・音などが、整っていて鮮やかで快く感じられるような様子ですから。

母親ならではの感性

列挙されているものは、乳児から幼児へ、さらに年少者へと、母親の感性でとらえられた「うつくしきもの」です。たとえば、赤ん坊を抱いてあやしているうちに、頼りにしきった顔ですやすや寝入ってしまう姿。乳児が這《は》い這いしていて、ふと小さなゴミを見つけてそれを大人に見せるあどけない仕草。色白で丸々とした乳児が、長い袖を襷《たすき》で背中に結び上げられた格好で這い這いしている姿。清少納言は、笑みを浮かべてそれらを眺めています。

さらに、五、六歳のおかっぱ頭の女の子が髪を目にかぶせたまま、搔《か》きあげる器用さもなく、頭をかしげて物を見ているポーズ。そのまま絵になっています。立派な衣装を着せられて見習いで宮中を歩いている男の子の姿。逆に普段着だけど、袖だけが目立つつんつるてんの着物を着ている子供。漢籍を甲高い声で音読している少年たち。こうした年少者に対して、清少納言は母親的な暖かいまなざしを注いでいます。母親ならではの観察眼が光っています。

小さなものに注がれる愛情

また、小動物でも無邪気さを持った雛《ひな》が採り上げられています。鳴き声をまねると、ぴょんぴょん跳びながら近づいてくる子雀。ピヨピヨと鳴いて人に付いて回る雛鳥。さらに生まれる前のつるっとした丸い雁《かり》の卵。これらが「うつくしきもの」なのです。

植物にしても、大きく生長したものは「うつくしきもの」ではありません。小さな蓮《はす》の葉。小さな葵《あおい》の葉。

物も小さなものが、「うつくしきもの」です。小さなお雛様遊びの道具。小さな人形につりあった調度ですから、形は小ぶり。小さくて高価な瑠璃《るり》の壺。対象が小さいために、見る側に余裕が出てくる。その時に生まれる愛情が「うつくし」なのです。彼女自身、言い切っています。「何も何も、小さきものは、みなうつくし」と。

小さなものを愛する心は、実は彼女ひとりの美意識ではない。当時の平安貴族一般の美意識であったと思われます。というのは、貴族たちの作った邸宅の庭園を思い出してください。築山、池、池の中の中島、遣水《やりみず》。いずれも、自然のミニチュアです。小さいものを愛するのは、貴族趣味でもあるのです。そして、それは現在でも、日本人の心に郷愁のように流れ続けている嗜好です。

2　もう、がっかりよ

二三段　九三段

すさまじきもの（二三段）

すさまじきもの　昼《ひる》ほゆる犬《いぬ》。春《はる》の網代《あじろ》。三、四月《がち》の紅梅《こうばい》の衣《きぬ》。牛死《うし》にたる牛飼《うしかい》。ちご亡《な》くなりたる産屋《うぶや》。火《ひ》おこさぬ炭櫃《すびつ》、地火炉《じかろ》。博士《はかせ》のうちつづき女児生《おんなごむ》ませたる。方違《かたたが》

当てが外れる

興ざめなもの。昼吠える犬（番犬なんだから夜吠えなさいよ）。春になっても掛かっている網代《あじろ》（冬なら魚もかかるけれど、春には無用の長物よ）。三、四月に着ている紅梅襲《かさね》の着物（季節を考えてよ、初春ならいいけど）。

へに行《い》きたるに、あるじせぬ所《ところ》。まいて節分《せちぶん》などは、いとすさまじ。人《ひと》の国《くに》よりおこせたる文《ふみ》の物《もの》なき。京《きょう》のをもさこそ思《おも》ふらめ、されど、それはゆかしき事《こと》どもをも書《か》きあつめ、世《よ》にある事《こと》などをも聞《き》けばいとよし。人《ひと》のもとにわざと清《きよ》げに書《か》きてやりつる文《ふみ》の返事《かえりごと》、今《いま》はもて来《き》ぬらむかし、あやしうおそきと、待《ま》つほどに、ありつる文《ふみ》、立《た》て文《ぶみ》を

牛が死んでしまって手持無沙汰になっている牛飼い。せっかく生まれた乳飲み子が死んでしまった産屋。炭火を入れない角火鉢や囲炉裏。

後継者にはならない女の子をひきつづき産ませた博士。「方違《かたたが》え」に行ったのに、ご馳走しない家。まして、節分の時季だったりすると、すごくがっかりするわ（「節分違え」っていって特別な日なのよ。季節の変わり目なんだから）。

地方から送ってきた手紙なのに、土産物が添えてないのもがっかりだわ。京都からの手紙でも品物が付いていないと、送られた側はがっかりするかもしれない。けれど、都からの手紙は、地方にい

も結《むす》びたるをも、いときたなげに取《と》りなし、ふくだめて、上《うえ》に引《ひ》きたりつる墨《すみ》など消《き》えて、「おはしまさざりけり」、もしは、「御物忌《おんものいみ》とて取《と》り入《い》れず」と言《い》ひて、持《も》て帰《かえ》りたる、いとわびしくすさまじ。

また、かならず来《く》べき人《ひと》のもとに車《くるま》をやりて待《ま》つに、来《く》る音《おと》すれば、さななりと、人々《ひとびと》出《い》でて見《み》るに、車《くるま》宿《やど》りにさらに引《ひ》き入《い》れて、轅《ながえ》ほうと

て知りたいと思うことがいろいろ書かれ、世間の出来事なんかを知ることができるのだから、贈り物がなくたってすばらしいのよ。

人に心して書いた手紙の返事を「もう持ってきそうなものねえ。ひどく遅いわ」と思って待っていると、さっきの手紙を、正式の手紙でも略式の手紙でも、すっかり汚らしく扱って、ぶくぶくにして、上包みの綴《と》じ目に描いた墨なども消えているのを、使いの者が持って帰る。「先様《さきさま》は、いらっしゃいませんでした」とか「物忌みだとおっしゃって、お受け取りになりません」などと言って、手紙を返してよこすのは、ものすごくわびし

うちおろすを、「いかにぞ」と問《と》へば、「今日《きょう》は外《ほか》へおはしますとて、わたりたまはず」などうち言《い》ひて、牛《うし》のかぎり引《ひ》き出《い》でていぬる。

また、家《いえ》の内《うち》なる男君《おとこぎみ》の来《こ》ずなりぬる、いとすさまじ。さるべき人《ひと》の宮仕《みやづか》へするがりやりて、はづかしと思《おも》ひゐたるも、いとあいなし。

ちごの乳母《めのと》の、ただあからさまにとて出《い》でぬるほど、とかくなぐさめ

くがっかりする。

また、必ず来るべき人のところに牛車《ぎっしゃ》を迎えにやって待っていると、車の音がする。「あ、いらした」と思って、家の者たちも出て待ち構えている。なのに、車庫に牛車をどんどん引き入れて車台についている柄をぽんと下ろす。「どうしたの？」と尋ねると、「今日は他へいらっしゃるということで、こちらにはお越しになりません」などと言い捨てる。牛だけを引きだして、さっさと帰ってしまう。ものすごく気落ちする。

また、家に迎えた婿殿が来なくなってしまったのも、期待を裏切られた感じですごく味気ない。相当な家柄で宮仕えす

て、「とく来《こ》」と言《い》ひやりたるに、「今宵《こよい》はえまゐるまじ」とて、返《かえ》しおこせたるは、すさまじきのみならず、いとにくくわりなし。女迎《おんなむか》ふる男《おとこ》、まいていかならむ。待《ま》つ人《ひと》ある所《ところ》に、夜《よ》すこしふけて、しのびやかに門《かど》たたけば、胸《むね》すこしつぶれて、人出《ひとい》だして問《と》はするに、あらぬよしなき者《もの》の名《な》のりして来《き》たるも、かへすがへすもすさまじとい

る女性に婿を奪われ、娘が卑屈になっているのもすごく張り合いがないわね。

乳飲み児の乳母《うば》が、「ほんのちょっと」と言って出かけちゃった時に、なんとかとりなして、「早く帰っておいで」と言ってやったのに、「今晩はとても参上できそうもありません」と返事をしてきた時は、味気ないどころか癪《しゃく》に障るし、打つ手がない。

乳母でさえこうだから、女を迎えにやった男などは、女に参上できませんなどと言われたら、ましてどんな気持ちがするかしらねえ。

男を待っている女のところで、夜が少し更けて、遠慮っぽくとんとんと門を叩

ふはおろかなり。

験者《げんざ》の、物《もの》の怪《け》調《ちよう》ずとて、いみじうしたり顔《がお》に、独鈷《とこ》や数珠《ずず》など持《も》たせ、せみの声《こえ》しぼり出《い》だしてよみゐたれど、いささか去《さ》りげもなく、護《ご》法《ほう》もつかねば、あつまりゐ念《ねん》じたるに、男《おとこ》も女《おんな》もあやしと思《おも》ふに、時《とき》のかはるまでよみ困《こう》じて、「さらにつかず。立《た》ちね」とて、数珠《ずず》取《と》り返《かえ》して、「あないと験《げん》なしや」とうち言《い》

く音がするので、あの人だわと胸をドキッとさせて、人を出して「どなた？」と問わせると、待っていた人とは違う、つまらぬものが名を告げてきた。がっかりなんて言葉ではかたづけられないほど、興ざめね。

修験者《しゆげんじや》が物《もの》の怪《け》を調伏《ちようぶく》するといって、「私に任せておきなさい」といった顔で、霊媒に独鈷《とつこ》や数珠《じゆず》などを持たせて、のどを締め付けて蟬《せみ》のような声を出して経を読んでいるけれど、まったく物の怪は退散する気配もない。霊媒に護法童子も乗り移ってくれないので、家族は集まってじっと祈念して座っている。そこにいる男も女もこの修験者で大丈夫かなと思っ

ひて、額《ひたい》より上《かみ》ざまに、さくりあげ、欠伸《あくび》おのれよりうちして、寄《よ》り臥《ふ》しぬる。

いみじうねぶたしと思《おも》ふに、いとしもおぼえぬ人《ひと》の、おし起《お》こしてせめて物言《ものい》ふこそ、いみじうすさまじけれ。

除目《じもく》に司得《つかさえ》ぬ人《ひと》の家《いえ》。今年《ことし》はかならずと聞《き》きて、はやうありし者《もの》どもの、ほかほかなりつる、田舎《いなか》だちた

ている。修験者は、二時間ほど経を読み、疲れて、「全然、物の怪が霊媒に乗り移らない。立ちなさい」と言って、霊媒から数珠を取り戻す。「ああ、ほんとに祈禱《きとう》の効き目がないなあ」とつぶやいて、おでこから上のほうに手でしゃくるようになで上げ、「はあ〜」と大きな欠伸《あくび》を人前もかまわずして、物に寄りかかって、楽な姿勢になっている。まったくもう!

ひどく眠いと思っている時に、さほど親しくない人がやってきて、無理に起こして、何かと話しかけるのは、すっごく気分を害しちゃう。

除目《じもく》(地方官を任命する儀式)の時に任

る所《ところ》に住《す》む者《もの》どもなど、みなあつまり来《き》て、出《い》で入《い》る車《くるま》の轅《ながえ》にひまなく見《み》え、物詣《ものもう》でする供《とも》に、われもわれもとまゐりつかうまつり、物食《ものく》ひ酒《さけ》飲《の》み、ののしり合《あ》へるに、果《は》つる暁《あかつき》まで門《かど》たたく音《おと》もせず。あやしうなど、耳立《みみた》てて聞《き》けば、さき追《お》ふ声々《こえごえ》などして、上達部《かんだちめ》などみな出《い》でたまひぬ。物聞《ものき》きに夜《よる》より寒《さむ》がりわななきをりける下衆男《げすおとこ》、いと物憂《ものう》げ

官できなかった人の家。「今年は必ず任官するだろう」と聞き、昔使っていた者たちで、他の家に行っていた者や郊外に引っ込んでいる者たちが、みな集まってきて、庭には出入りする牛車の長柄がびっしり。任官祈願の神社参りなどのお供に、われさきについて回り、物を食べ、酒を飲んで大騒ぎをして知らせを待っている。

なのに、任官の詮議の終わる明け方まで門を叩く使いもやってこない。「おかしいな」と思って耳をすまして聞いていると、先払いの声が次々にして、任官の詮議に加わっていた上達部《かんだちめ》（公卿）などがみな内裏《だいり》から退出なさった。情報を聞

に歩《あゆ》み来《く》るを、見《み》る者《もの》どもはえ問《と》ひだにも問《と》はず。外《ほか》より来《き》たる者《もの》などぞ、「殿《との》は何《なに》にかならせたまひたる」など問《と》ふに、いらへには、「何《なに》の前《ぜん》司《じ》にこそは」などぞ、かならずいらふる。まことにたのみける者《もの》は、いと嘆《なげ》かしと思《おも》へり。つとめてになりて、ひまなくをりつる者《もの》ども、一人《ひとり》二人《ふたり》すべり出《い》でていぬ。ふるき者《もの》どもの、さもえ行《い》き離《はな》るまじきは、来《らい》

きに前夜から内裏あたりに出かけて寒さにぶるぶるふるえていた下男が、すごく憂鬱そうに歩いて帰ってくるのを見て、人々は「どうだった?」と聞くことすらできない。外から来合わせた者なんかが、「ご主人は、今度は何におなりになりましたか?」と尋ねると、その答えは「どこそこの元国司なんですよ」などと決まって答える。主人を心から頼りにしている者は「ほんとに切ない」と思っている。

早朝になって、ぎっしり詰めかけていた人たちも、一人消え、二人消えしていく。古くから仕えていて、そんなふうにあっさり離れていくこともできない者た

年《ねん》の国々《くにぐに》手を折《お》りてうちかぞへなどして、ゆるぎありきたるも、いとほしうすさまじげなり。

よろしうよみたると思《おも》ふ歌《うた》を、人《ひと》のもとにやりたるに、返《かえ》しせぬ。懸《け》想人《そうびと》はいかがせむ。それだにをりをかしうなどある、返事《かえりごと》せぬは心《こころ》おとりす。また、さわがしう時《とき》めきたる所《ところ》に、うち古《ふる》めきたる人《ひと》の、おのがつれづれと暇《いとま》おほかるならひに、昔《むかし》

ちは、来年の除目に任官の可能性のある国々の名前を指を折って数えなどして、家の中をのっそりのっそり歩いている姿も気の毒で味気ない。

まあまあに詠んだと思う歌を、人の許に届けたのに、褒《ほ》めてくれるどころか、返事さえくれない。自分だけが思っている片思いの恋人だったら、返歌をもらえなくても仕方ないけどね。でも、そういう場合だって、時と場合にぴったりした歌なんかに返事をくれないのは、つまんない人ねと幻滅しちゃう。

また、人の出入りが多く、時めいている家に、世間から取り残された人が、自分が所在なく暇なので、昔風のどうとい

おぼえてことなることなき歌《うた》よみておこせたる。

物《もの》のをりの、扇《おうぎ》いみじと思《おも》ひて、心《こころ》ありと知《し》りたる人《ひと》に取《と》らせたるに、その日《ひ》になりて、思《おも》はずなる絵《え》などかきて、得《え》たる。

産養《うぶやしない》、馬《むま》のはなむけなどの、使《つかい》に禄取《ろくと》らせぬ。はかなき薬玉《くすだま》、卯槌《うづち》など持《も》てありく者《もの》などにも、なほかならず取《と》らすべし。思《おも》ひかけぬ事《こと》に

うこともない歌を詠んでよこしたのも、興ざめ。

晴れの儀式用の扇を「格別なんだからと」と思って、その方面に趣味があると思った人に渡しておいたのに、忘れていて、その日になって案外下らない絵などを描いて渡してくれたのは、がっかり。

誕生祝いの祝儀や旅立ちの餞別《せんべつ》を送り届けてくれた使いに、心づけをやらない人。ちょっとした薬玉《くすだま》や卯槌《うづち》などを持って祝福に行き来する者にも、やはり心づけをかならず与えるのがいいわね。思いがけないことで心づけを与えられると、「本当に使いに来てよかった」と思うものよ。「これは、心づけのもらえる使い

得《え》たるをば、いとかひありと思《おも》ふべし。これはかならずさるべき使《つかい》と思《おも》ひ、心《こころ》ときめきして行《ゆ》きたるは、ことにすさまじきぞかし。

婿《むこ》取りして、四、五年《ねん》まで産屋《うぶや》のさわぎせぬ所《ところ》も、いとすさまじ。

大人《おとな》なる子《こ》どもあまた、ようせずは、孫《むまご》なども這《は》ひありきぬべき人《ひと》の親《おや》どち、昼寝《ひるね》したる。かたはらなる子《こ》どもの心地《ここち》にも、親《おや》の昼寝《ひるね》したる

だ」と思ってわくわくして届けに行ったのに、何ももらえなかった時は特にがっかりするものよ。

婿を迎えて四、五年経つのに子供に恵まれず、出産祝いをしない家も、すごく張り合いがない。

一人前になった子供が何人もあり、へたをすると、孫まで這《は》い這いしていそうな年齢の老夫婦が昼間から同衾《どうきん》しているの。しらけちゃうわ。傍らにいる子供の気持ちとしても、親が昼寝をしている間は、なんとも頼りがいがなく味気ない気持ちを持っていると思うのよ。

十二月の大晦日《おおみそか》、男性と寝て真夜中にがばと起きて斎戒沐浴《さいかいもくよく》のために浴びる

ほどは、寄《よ》り所《どころ》なくすさまじうぞあるかし。師走《しわす》のつごもりの夜《よ》、寝起《ねお》きてあぶる湯《ゆ》は、腹立《はらだ》たしうさへぞおぼゆる。師走《しわす》のつごもりの長雨《ながあめ》。「一日《ひとひ》ばかりの精進潔斎《そうじんけさい》」とやいふらむ。

湯。興ざめどころか腹立たしくなるわ。もうちょっとちゃんと潔斎したらいいのにね。大晦日の夜くらいは禁欲すべきでしように。

大晦日に降る長雨。真夜中の沐浴は「一日だけの精進潔斎」とでも言うんでしょうよ。

見どころ

「すさまじ」というのは、時季はずれだったり、周囲の状況と不調和だったりして、興がそがれる感じを表します。興ざめである、気分がこわれる、味気ない、しらけるといった意味。

現在の「すさまじい」は、「すさまじい喧嘩《けんか》」のように使い、程度の激しさを表しますね。ですから、平安時代の「すさまじ」とは意味が違っています。

この章段に列挙された興ざめなものは、清少納言の非情なまでの観察眼を感じさせます。そこが見どころ。

非情に見える事柄

興ざめね、と清少納言に指摘された事柄を読んでいると、清少納言って何て他者に対する思いやりに欠ける人なんだろうと、一瞬思います。

たとえば、せっかく生まれた乳飲み子が死んでしまって、無用になってしまった産屋は興ざめ、なんて平気で口にしています。でも、乳児に死なれた母親や親族の身になってみてください。こんなむごいことは言えないはずです。また、後継者になるべき男の子に恵まれない博士は、味気ないと言っています。が、当の家族に思いを馳せれば、気の毒でとても口にできることではありません。また、お婿さんを迎えてからも、子供がなかなかできない家も味気ない、なんてずけずけ言っています。でも、子供に恵まれない夫婦の身になってみれば、深刻な悩みなのです。

さらに、「方違《かたたが》え」に行ったのに、ご馳走しない家ってのも、しらけちゃう。まして、節分の時の方違えの時にもてなされないのは、すごくがっかりよ、と清少納言は公言してはばかりません。「方違え」というのは、陰陽道《おんようどう》で、外出先や移転先、あるいは自分の住んでいるところなどが悪い方角に当たってしまうために、良い方角に当たる知り合いの家などに一時的に移動すること。方違えで、身を寄せられた家が裕福だとは限りません。いっぱいいっぱいの生活で、十分にもてなせないことだってあるのです。彼女は、そういった相手への想像力が欠けているように思えます。同じく、三、四月になっても初春の着物を着ているのって、興ざめ、とズバッと言っていますが、季節はずれの着物を着ざるをえないほど経済的に苦しいことだってあるんです。

また、田舎からの便りにその土地の特産品が付いていないのはがっかりする、と言いながら、逆に、都からの便りには何も付いていなくても、それは田舎人《いなかびと》の知りたい情報が書いてあるんだからいいのよなんて、さらっと言い切ってすましています。この発言は、都人《みやこびと》のおごり。田舎人への思いやりはまるでありません。田舎にいる人こそ、都で流行《はや》っている物がほしいと思っているかもしれないのです。

こんなふうに、清少納言が興ざめと言っている事柄からは、彼女の他者への思いやりに欠ける面が出ているように思えます。けれども、次のような、自らのつらい体験をも興ざめね、と言い切っていることを知ると、いささか考え方が変わります。

除目《じもく》の憂き目

この章段には、清少納言の実体験と思われる事柄が記されています。それは、最も多くの筆を費やしている「すさまじきもの」。つまり、春の「除目」に任官できなかった人の家の様子ですね。「除目」というのは、前任者を「除」き、新任者を「目」録に記すことから来た言葉。大臣以外の諸官職を任命する儀式です。

春と秋に行われ、ほかに臨時に行われることもあります。春は地方官庁の役人の任命、秋は中央官庁の役人の任命です。この章段に出てくるのは、地方官庁の役人の任命です。清少納言の父親の清原元輔《きよはらのもとすけ》は、ここに記された興ざめな思いを何回も味わっていると察せられます。というのは、元輔は、『元輔集』（『新編国歌大観』角川書店刊 第三巻所収)に「司給《つかさたま》はらで(=任官できなかった)」の翌日、内裏命婦《うちのみようぶ》(=五位以上の女官)の許に、こんな歌を送ったことを記しています。

年ごとに　しづむ涙や　つもりつつ　いとど深くは　身をしづむらむ
(=年ごとに涙に沈む状態が重なってしまい、私はそこに深く身を沈めるのだろうか)

毎年のように、任官の期待空しく、望みを失いつつある元輔の嘆きが聞こえてきます。

また、元輔は、「司給ふべき年、春の除目《じもく》にはえ給はらで(=任官されるはずの春の除目に任官されずに)」、こんな歌を詠んでいます。折から桜の花がはらはらと散っています。

桜こそ　雪と散りけれ　しぐれつつ　春とも知らで　過《すぐ》しつるかな
(=桜が雪のように散っているけれど、私は晩秋に降る時雨《しぐれ》のように涙がちで、春だとも実感できずに過ごしていることだなあ)

この状況は、『枕草子』の「すさまじきもの」に出てくる除目の状況とそっくりです。今年こそ任官するだろうと思って、大勢の人が元輔の許に集まってくる。ところが、予想に反して任官されなかった。内裏《だいり》に情報を得に行っていた従者は冴えない顔で帰ってくる。ぎっしり詰めかけていた人たちは、一人去り、二人去りしていく。元輔の許を去れない者たちは、来年の国司のポストの空きはあそこだここだと指折り数えている。清少納言は、こんな惨めな思いを父親の許で経験していたのです。だから、その描写はまことにリアル。

彼女は、自ら体験したやるせない思いを「すさまじきもの」に列挙している。つまり、体験者側であっても、「すさまじきもの」と言い切る客観的な眼を備えているのです。とすると、先ほどあげた他者への思いやりに欠けているように見える発言も、違った色合いを帯びてきます。乳飲み子が死んで無用になってしまった産屋、季節はずれの着物、女の子ばかり産ませている博士。そうしたものは、当事者から見ればまことにつらい経験だけれど、第三者的に見ればやっぱり「味気ない事柄」なのよ、彼女はそう言っているのです。彼女は、他者への思いやりに欠けていたわけではなく、第三者的な観察という一貫した視点からこの章段を書いていたのです。

あさましきもの（九三段）

あさましきもの　さし櫛《ぐし》すりてみがくほどに、物《もの》につきさへて折《お》りたる心地《ここち》。車《くるま》のうち返《かえ》りたる。さるおほのかなる物《もの》は、所《ところ》せくやあらむと思《おも》ひしに、ただ夢《ゆめ》の心地《ここち》してあさましう、あへなし。

唖然《あぜん》とする

意外さに呆れ返ってしまうもの。挿櫛《さしぐし》をこすって磨くうちに、物にひっかかって櫛の歯を折ってしまった時の気持ちがそれ。牛車《ぎっしゃ》がひっくり返った時。あんなに度外れて大きなものはどっしりしているだろうと思っていたのに、ひっくり返ってしまうので、「うそ！」と信じられず夢のような気持ちがする。あきれ果てて拍子抜けがする。

人《ひと》のためにはづかしうあしき事《こと》を、つつみもなく言《い》ひゐたる。かならず来《き》なむと思《おも》ふ人《ひと》を、夜《よ》一夜《ひとよ》起《お》き明《あ》かし待《ま》ちて、暁《あかつき》がたに、いささかうち忘《わす》れて、寝入《ねい》りけるに、烏《からす》のいと近《ちか》く、かかと鳴《な》くに、うち見《み》あげたれば、昼《ひる》になりにける、いみじうあさまし。見《み》すまじき人《ひと》に、外《ほか》へ持《も》て行《い》く文《ふみ》見《み》せたる。むげに知《し》らず見《み》ぬ事《こと》を、人《ひと》のさし向《むか》ひて、あらが

その人にとっては恥ずかしく具合の悪いことを、他人が無遠慮に言っているのを聞いた時。必ず来るだろうと思う男を一晩中起きて待ち明かし、明け方近くについ気が緩んで寝入ってしまう。すぐ近くでカラスが「かあかあ」と鳴く声に、眼をさまし見上げると、すでに日は高い。えっ、もう昼？　と、あまりのことに呆れ返ってしまう。

見せてはいけない人に、よそに持っていく手紙を見せてしまった時。全然身に覚えのないことを、人が自分に差し向かいになって、抗弁する暇も与えずに、まくしたてる時。物をひっくり返してこぼした時の気持ちは、あらどうして？

はすべくもあらず言《い》ひたる。物《もの》うちこぼしたる心地《ここち》、いとあさまし。

と、自分で思っちゃうほど意外で呆れ返っちゃうわ。

見どころ

事の意外さに驚き呆れ返ってしまう「あさましきもの」を、見事な例で具体化しているところが見どころ。

現在の「あさましい」の意味とは違っています。「逃げた女を探し廻る片野の狂態は、はた目に浅間しいばかりだった」（中山義秀『厚物咲』）に見るように、今では、惨めで情けない気持ちを表します。あるいは「死人の髪の物を剝ぐ為に、血眼になって駈け出して行く女の姿を見ると、……心のそこから浅ましく思はずには居られなかった」（菊池寛『恩讐の彼方に』）のように、卑しくて情けない気持ちを表します。つまり、卑しさや惨めさを感じ情けない気持ちになる時に使っています。

『枕草子』の「あさまし」には、そういう情けなさはありません。なんたることかと驚き呆れる気持ちです。意外なことが起こった時に使うのです。同じく平安時代の『源氏物語』では、登場人物の進退窮まった深刻な感情を表しており、『枕草子』の「あさまし」よりも重く深い意味を担っています。とはいえ、驚き呆れる気持ちには違いありません。ただ、深浅・重軽の違いがあるだけです。

現代版「あさましきもの」

意外なことはいつでも起こる。だから、現代版「あさましきもの」を『枕草子』に倣《なら》って作ることができます。

たとえば、鬘《かつら》をつけていることが知られていなかった上司が出勤してきて、掃除のために開けてあった窓からの強風を受け、つるんと鬘が脱げてしまった時。交差点で自動車がふとした運転の弾みで半回転し、天井部分が下になってしまった時。さらに、その車に乗っていた三人の若い女性が次々と窓から這い出してきた時。

こんなふうに、意外なことが起こって、にわかには信じられずに、目をぱちくりさせてしまう時が、平安時代の「あさまし」なんです。ちなみに、右に挙げた例は、いずれも私の目の前で実際に起こったこと。これを見た時は「うそ」と思ったほどビックリしました。自動車の半回転は、まさに牛車《ぎっしゃ》の箱がひっくり返ったのを見た時の清少納言の気持ちと同じ。さらに、現代版「あさましきもの」はあります。

あわててトイレに駆け込もうとして、ドアを勢いよく開けたら、中に人が入っていた時（お互いに仰天してギャーッと大声を上げてしまう）。おろし立ての白いワンピースを着て出かけたら、通りかかった車に水溜《たま》りの泥水を思いっきりワンピースにはねかけられた時（ほとんど、半泣き）。雨風の強い日、さしていた傘がいきなり強風に煽《あお》られておちょこになり、壊れてしまった時（おちょこの傘は、なぜかおかしい）。

こんなふうに、清少納言の「あさましきもの」の章段は、すぐに現代版を作れるところが魅力です。

3 まあ、うれしい

二五八段

うれしきもの（二五八段）

うれしきもの　まだ見《み》ぬ物語《ものがたり》の一を見《み》て、いみじうゆかしとのみ思《おも》ふが、のこり見出《みい》でたる。さて、心《こころ》おとりするやうもありかし。人《ひと》の破《やぶ》り捨《す》てたる文《ふみ》を継《つ》ぎて見《み》る

愛されている確信

うれしいもの。はじめて見る物語で一の巻を読んで、続きをぜひ読みたいと思いつめていた物語の、残りの巻を見つけ出した時。そんなふうにしても、実際に読むと、結構つまんない時もあるんだけどね。

に、同《おな》じつづきをあまたくだり見《み》つづけたる。

いかならむと思《おも》ふ夢《ゆめ》を見《み》て、おそろしと胸《むね》つぶるるに、ことにもあらず合《あ》はせなしたる、いとうれし。

よき人《ひと》の御前《おまえ》に、人々《ひとびと》あまた候《さぶら》ふをり、昔《むかし》ありける事《こと》にもあれ、今聞《いまきこ》しめし、世《よ》に言《い》ひける事《こと》にもあれ、語《かた》らせたまふを、われに御覧《ごらん》じ合《あ》はせて、のたまはせたる、いとうれ

人が破り捨てた手紙を継ぎ合わせて読む時、一続きになった文章を何行も続けて読めた時は、人の秘密を知っちゃった感じでわくわくする。

「どういうことか」と心配な夢を見て、「恐ろしいことだ」と胸がつぶれる思いがする時に、たいしたことはないと夢の吉凶を占ってくれたのは、すごくうれしい。

尊い方の前に、大勢の女房たちが控えている。その時、尊い方が、昔あった出来事でも、最近お聞きになって世間で話題になっていることでも、お話しなさるのに、自分の方へ視線を向けて自分に話しかけているようにおっしゃる時は、と

し。

遠《とお》き所《ところ》はさらなり、同《おな》じ都《みやこ》のうちながらも隔《へだ》たりて、身《み》にやむごとなく思《おも》ふ人《ひと》のなやむを聞《き》きて、いかにいかにとおぼつかなき事《こと》を嘆《なげ》くに、おこたりたるよし消息《しょうそこ》聞《き》くもいとうれし。

思《おも》ふ人《ひと》の、人《ひと》にほめられ、やむごとなき人《ひと》などの、くちをしからぬものにおぼしのたまふ。

ても心がはずむ。

遠いところはもちろんのこと、同じ都の中であっても離れて住んでいて、自分にとって大切な人が病気だと聞いて、「どうかしら、どうかしら」と心配でたまらずやきもきしている時に、全快したということを人づてに聞くのも、ほんとにほっとして胸をなでおろす。

自分の愛している人が他人からほめられたり、尊いお方などがその人をなかなか見所のある者だとお思いになって、そうおっしゃるのもうれしいわ。

何かの行事の折に詠んだ歌とか、誰かと贈答しあった歌が評判になって、「聞き書き」などに書き残されるのは、うれ

もののをり、もしは、人々言《ひとびとい》ひかはしたる歌《うた》の聞《きこ》えて、打聞《うちぎき》などに書《か》き入《い》れらるる。みづからの上《うえ》にはまだ知《し》らぬ事《こと》なれど、なほ思《おも》ひやるよ。

いたううちとけぬ人《ひと》の言《い》ひたる古《ふる》きことの、知《し》らぬを聞《き》き出《い》でたるもうれし。後《のち》に、物《もの》の中《なか》などにて見出《みい》でたるはただをかしう、「これにこそありけれ」と、かの言《い》ひたりし人《ひと》

しい。私自身のこととしては、まだ経験のないことだけれど、きっとうれしいはずだと思うの。

あまり親しくない人が言った古い詩歌などで、自分が知らなかったのを誰かから聞き出したのも、うれしい。あとで、何かの本の中などでそれを見つけた時には、ただもう心が高鳴って、「あれはこうだったのね」と、それを話していた人の心持ちが思いやられて面白い。

陸奥紙《みちのくがみ》、または、普通の紙でも良質なのを手に入れた時はうれしいわ。

一目置いている人に、和歌の上の句や下の句を尋ねられた時、すっと口をついて出てきたのは、我ながらでかしたとち

ぞをかしき。

みちのくに紙《がみ》、ただのも、よき得《え》たる。

はづかしき人《ひと》の、歌《うた》の本末問《もとすえと》ひたるに、ふとおぼえたる、われながらうれし。常《つね》におぼえたる事《こと》も、また人《ひと》の問《と》ふに、清《きよ》う忘《わす》れてやみぬるをりぞおほかる。

とみにて求《もと》むる物見出《ものみい》でたる。

物合《ものあわ》せ、何《なに》くれといどむ事《こと》に勝《か》ち

よっと得意。だって、いつも覚えていた歌なのに、改まって聞かれると、きれいさっぱり忘れてしまって答えられずに終わることって多いんですもの。

急に物をさがし求める時に、必要なものがさっと見つかった時、うれしいものよ。

物合わせ（=左右に分かれて、物を比べ合わせて、その優劣を競う遊び。比べる物としては、絵、花、根、物語、貝などがある）など、何かと競うことに勝った時は、どうしてうれしくないことがあるかしら。すっごくうれしいわよ。

また、自分こそはなどと思い上がって、得意顔でいる人をまんまと騙《だま》すこと

たる、いかでかはうれしからざらむ。また、われはなど思《おも》ひて、したり顔《がお》なる人《ひと》、はかり得《え》たる。女《おんな》どちよりも、男《おとこ》はまさりてうれし。これが答《とう》はかならずせむと思《おも》ふらむと、常《つね》に心《こころ》づかひせらるるもをかしきに、いとつれなく何《なに》とも思《おも》ひたらぬさまにて、たゆめ過《す》ぐすもまたをかし。

にくき者《もの》のあしき目見《めみ》るも、罪《つみ》や

ができた時は、うっししよ。女同士よりも、相手が男の方が一層うれしいわ。この仕返しは必ずしようと思っているだろうと、こちらが常に用心しているのも緊張感があっていいわ。さらに騙された男の方は平然としていて気にもしてないぞって様子でこちらを油断させているのもまた面白い。

憎らしい人がひどい目に遭うのも、「バチがあたるかも」と思いはするけれど、また、うれしいのよね。

大事な行事の時に着ようと思って、衣服を洗い張りして砧《きぬた》で打って艶出しをし、どんな仕上がりになっているかしらと思って気にしていると、すごく綺麗に

得《う》らむと思《おも》ひながらまたうれし。

もののをりに衣《きぬ》うたせにやりて、いかならむと思《おも》ふに、きよらにて得《え》たる。

さし櫛《ぐし》磨《す》らせたるに、をかしげなるもまたうれし。またもおほかるものを。

日《ひ》ごろ月《つき》ごろしるき事《こと》ありて、なやみわたるがおこたりぬるもうれし。思《おも》ふ人《ひと》の上《うえ》は、わが身《み》よりもま

出来上がってきた。「よーし!」と満足しちゃうわね。

挿櫛《さしぐし》を磨きにやった時、見事に仕上げてきたのも、またうれしいものね。そのほかにも、うれしいことはいっぱい、いろいろあるでしょうよ。

何日も、何ヵ月も、ひどい症状で患いつづけていたのが、治ったのも「よかった」なんて幸せ感に満ちちゃう。恋人の場合は、自分自身のことよりももっとうれしいんだ。

中宮様の御前に女房たちがびっしりと座っているところに、あとから参上した私は、少し離れた柱のもとなどに座っていると、中宮様はすばやくお見つけにな

さりてうれし。
御前《おまえ》に人々所《ひとびとところ》もなくゐたるに、今《いま》のぼりたるは、すこし遠《とお》き柱《はしら》もとなどにゐたるをとく御覧《ごらん》じつけて、「こち」と仰《おお》せらるれば、道《みち》あけて、いと近《ちこ》う召《め》し入《い》れられたるこそうれしけれ。

って、「こちらへ」とおっしゃる。他の女房たちが通り道を開けてくれ、中宮様の近くに呼び寄せられたのは、何にもましてうれしいわ。

見どころ
期待がかなえられてうれしいと心弾むことをこの上なく正直に書き連ねている、それが見どころ。「憎らしい人がひどい目に遭うのも、『バチがあたるかも』と思いはするけれど、また、うれしいのよね」なんて言っちゃう清少納言ってすごい。普通はかっこつけて、いい人ぶってこんなことを洩《も》らさない。でも、彼女は恐ろしく正直に本音を吐く。読者も胸に手を当ててみると、思い当たる。うーん、なんて正直な発言なんだ！読者はそこに感激し、共感するんですね。

手紙

清少納言がここに列挙したことの大部分は、現在にも共通します。読みたい本の続きが手に入った時のうれしさ。でも、直後に、せっかく手に入れて読んでみると、結構つまんないこともあってね、なんていう注釈が入っている。そうなのよ、前宣伝がいいんで見たくて仕方がなかった映画を見に行ったら、つまんなかったなんて時も同じね。読者は、清少納言に同感しつつ読み進みます。

上司が自分に目をかけてくれていると感じた時の面立《おもだ》たしさ。大切な人の病気が快癒した時の安堵感、知識が披露できた時の誇らしさ。すべて今日と共通しています。

でも、現在と違っていることが二つあります。その一つは平安時代にはプライバシーの意識がないこと。　人が破り捨てた手紙をつなぎ合わせて読んでしまってうれしがっています。清少納言がとりわけ好奇心が旺盛だとしても、もし、それが一般にとがめられるべきことであるなら、「こんなことしている自分は罰が当たるとは思うんだけど」などという注釈を入れるはず。でも、そんな注釈は全く入っていません。つまり、捨てられた手紙は読んでもかまわないのです。

『源氏物語』では、手紙が人目に触れてしまった場合のことを考えて、秘密のことは当事者にしか分からないように書くべきだと、光源氏が述べています。手紙は、人づてに渡していく当時の方式では人に見られても仕方がない面があったんですね。

現在では、むろん封書は原則として当人しか開けてはならない。プライバシーは守られるべきだという観念が行き渡っています。だから、清少納言のしたような楽しみ(?!)は味わえない。

夢占い

もう一つ、今と違っている点は、夢の重要さ。現在では、変な夢を見ても、自分の精神的・肉体的疲労によるものであると考え、その夢を占ってもらうようなことはしません。ところが、平安時代では、夢が重要な意味を持っています。奇妙な夢を見ると、「夢合わせ」といって、その夢の意味を占ってもらうのが日常茶飯。夢は、将来起こることの予兆と考えるからです。

『大鏡』(「右大臣師輔」)には、藤原師輔《ふじわらのもろすけ》が、朱雀門《すざくもん》の前で左右の足を西大宮大路と東大宮大路に踏ん張って、北向きになって宮城を抱きかかえているという夢を見たと語ると、傍らにいた小利口な女房が「どんなにかお股が痛くていらっしゃったでしょうね」などというバカな夢合わせをしたので、師輔は、ついに摂政・関白になることなく終わってしまったと記されています。縁起のいい夢でも、悪い「夢合わせ」をすると、運が逃げてしまうから、夢は道理の分からぬ人間に語ってはいけないと『大鏡』は記しています。「夢」は、当時にあっては重要な意味を持っていた。だから、恐ろしい夢がなんでもないと言われた時は、小躍りしたいような気持ちになるんですね。

定子《ていし》の寵愛《ちょうあい》

清少納言は、たくさんのうれしい時を列挙していますが、中でもうれしかったのは、最後に記されている事柄。お仕えする中宮定子に特別扱いされた時。多くの女房がびっしり詰めているところで、中宮の近くに座るようにと呼び寄せられた時、清少納言の誇らしさうれしさは頂点に達しています。「いと近う召し入れられたるこそうれしけれ」と「こそ—已然形」という係り結びを使って強調しています。

また、尊い方が話をしてくださる時、大勢の女房が控えているのに、自分に視線を向けて話しかけられるうれしさも、書いてありました。話しかける尊い方が誰なのか具体的に記されていませんが、尊い方の一人に定子が入っていることは間違いありません。

清少納言にとっては、定子の寵愛をうけることが最もうれしく面立たしいことです。「殿などのおはしまさで後」（一三七段）では、中宮側から距離を置かれ、一人実家にこもっていた清少納言のもとに、定子からの便りがあった。山吹の花びらが包まれていて、「言はで思ふぞ（＝心の中ではあなたのことを思う気持ちが湧きかえっていますよ。何も言わないであなたのことを思っているのこそ、言葉に出して言うよりはまさっているのよ）」と書いてある。清少納言はその便りを見て、すっかり慰められて「うれし」と記しています。また、「淑景舎《しげいさ》、春宮《とうぐう》にまゐりたまふほどの事など」(一〇〇段)では、定子の妹君を見たくて仕方がない清少納言の気持ちを、定子に察知されて、「私の後ろからこっそり覗《のぞ》き見しなさいよ」などと言ってもらって、清少納言は「うれし」と感激しています。

清少納言にとっては、お仕えする中宮定子の寵愛を感じる時が、一番輝きを放つ「うれしきもの」だったのです。

4 ああ、じれったい

一五四段

心もとなきもの（一五四段）

心《こころ》もとなきもの　人《ひと》のもとにとみの物縫《ものぬ》ひにやりて、いまいまと苦《くる》しうゐ入《い》りて、あなたをまもらへたる心地《ここち》。子生《こう》むべき人《ひと》の、そのほど過《す》ぐるまでさるけしきもなき。遠《とお》き所《ところ》

待ち遠しくて

気がかりでじれったいもの。人のところに急ぎの仕立物を縫いに送って、いまかいまかとじれったい気持ちで座り込んで、仕立先を見守り続けている気持ち。子を産むはずの人が、予定日を過ぎてもそうした気配もない時。遠いところか

より思《おも》ふ人《ひと》の文《ふみ》を得《え》て、かたく封《ふん》じたる続飯《そくい》などあくるほど、いと心《こころ》もとなし。物見《ものみ》におそく出《い》でて、事《こと》なりにけり、白《しろ》きしもとなど見《み》つけたるに、近《ちか》くやり寄《よ》するほど、わびしう、下《お》りてもいぬべき心地《ここち》こそすれ。

知《し》られじと思《おも》ふ人《ひと》のあるに、前《まえ》なる人《ひと》に教《おし》へて物言《ものい》はせたる。いつしかと待《ま》ち出《い》でたるちごの、五十日《いか》、

ら恋人の手紙をもらって、しっかりと封をした糊付けを開く間は、大変じれったい。

見物に出かけるのが遅くなり、着いたら行列が近くに来ていた。先頭を行く検《け》非違使《びいし》の白い杖などを見かけた時に、車を桟敷《さじき》に近く寄せる間、じれったくて、車を降りて歩いて行きそうな気持ちになっちゃう。

気づかれたくない人が目に付いたので、前に座っている女房にわけを言って応対させている時。早く帰ればいいのにとじれったくてたまらない。

早く早くと待ちかねて生まれてきた赤ん坊が、五十日、百日などのお祝いを迎

百日《ももか》などのほどになりたる、行末《ゆくすえ》いと心《こころ》もとなし。

とみの物縫《ものぬ》ふに、なま暗《くろ》うて針《はり》に糸《いと》すぐる。されど、それはさるものにて、ありぬべき所《ところ》をとらへて、人《ひと》にすげさするに、それもいそげばにやあらむ、とみにもさし入《い》れぬを、「いで、ただなすげそ」と言《い》ふを、「さすがになどてか」と思《おも》ひ顔《がお》にえさらぬ、にくささへ添《そ》ひたり。

えるようになった時、それから先の将来が気がかりになる。

急ぎの裁縫をしていて、薄暗い中で針に糸を通す時。自分で通さなくてはならない時は仕方がなくて覚悟する。でも、傍らに人がいるので、私が針穴のありそうな箇所を押さえて、その人に糸を通させる時には、その人もあせっているからでしょうね、さっと糸を通せない。「いや、もういいわ」と断るのに、それでも「通せないはずがない」と思っている顔つきで粘っているのは、憎らしくさえなってくる。

何の用であっても、急いでどこかへ出かけなくてはならない時、誰かが「まず

何事《なにごと》にもあれ、いそぎて物《もの》へ行《い》くべきをりに、まづ我《われ》さるべき所《ところ》へ行《い》くとて、「ただいまおこせむ」とて出《い》でぬる車《くるま》待つほどこそ、いと心《こころ》もとなけれ。大路《おおじ》行《い》きけるを、「さななり」とよろこびたれば、ほかざまにいぬる、いとくちをし。まいて物《もの》見《み》に出《い》でむとてあるに、「事《こと》はなりぬらむ」と人《ひと》の言《い》ひたるを聞《き》くこそわびしけれ。

私が用件のあるところへ行く」と言って、「車はすぐに戻らせるから」と約束して出て行った牛車《ぎっしゃ》を待つ間ほど、気のもめるものはない。大通りを通る車を「あの車のようね」と喜んでいると、よその方に去っていくのはホントにがっかりするわ。まして、行列見物に出かけようと車を待つうちに、「行列が来たようだ」と人が言っているのを耳にした時は、やりきれない思いがする。

子が生まれてから後産《あとざん》に長い時間がかかる時。気がせくわ。

物見や寺詣《てらもう》でなどに一緒に行く予定になっている人を乗せるために、その人の家に行ったのに、車を寄せたまま、すぐ

子《こ》生《う》みたる後《のち》の事《こと》の久《ひさ》しき。物《もの》見《み》、寺詣《てらもう》でなどに、もろともにあるべき人《ひと》を乗《の》せに行《い》きたるに、車《くるま》をさし寄《よ》せて、とみにも乗《の》らで待《ま》たするも、いと心《こころ》もとなく、うち捨《す》てても いぬべき心地《ここち》ぞする。また、とみにて炒炭《いりずみ》おこすも、いと久《ひさ》し。人《ひと》の歌《うた》の返《かえ》しとくすべきを、えよみ得《え》ぬほども、心《こころ》もとなし。懸想人《けそうびと》などは、さしもいそぐまじけれど、

に乗らないで待たされるのも、すっごくじれったくて、置いていっちゃいたい気持ちになる。

また、急に入用になって、早く火がつくはずの炒り炭を焚《た》きつける時も大変時間《い》がかかってあせっちゃう。

人から贈られた歌の返しを早くしなければならないのに、なかなか詠めない時も、あせるわ。こちらに思いをかけている男なんかには、それほど急いで歌の返しをする必要もないけれど、自分も好きになっちゃって、なんて時はそう呑気に構えてはいられないでしょ。まして、女同士でも、直接やりとりする和歌は「早いのがいい」と思ってあせっているうち

おのづからまた、さるべきをりもあり。まして女《おんな》も、ただに言《い》ひかはすことは、疾《と》きこそはと思《おも》ふほどに、あいなくひが事《ごと》もあるぞかし。心地《ここち》のあしく、物《もの》のおそろしきをり、夜《よ》の明《あ》くるほど、いと心《こころ》もとなし。

に、あいにくと字を間違えたり言い損ないもするのよね。

気分が悪く、何となく恐怖心に襲われている時は、夜明けの遅いこと遅いこと。ひどく気がかりでじれったいわ。

見どころ

「心もとなし」は、自分の気持ちだけが先走って落ち着かない状態を表します。「気がかりである」「待ち遠しい」「じれったい」という気持ちですね。今日の「心もとない」

とは少々意味が違います。今は、確かなよりどころがなくて不安な気持ちを表します。「資金がなくて、なんとも心もとない」などと。

この章段では、「心もとなし」になる状態が、裁縫、出産、行列見物といった事柄について反復的に語られているところが特色。『枕草子』では、ふつう一つの事柄でそういう状態になるという記述は、一回だけですます。なのに、この章段では同じ事柄で繰り返し「心もとなし」が用いられています。よほど気になる重要な事柄なのです。

出産

出産予定日が過ぎても、子供が生まれる気配が見えない時、本人はもちろんのこと、周囲の人間も「どうしたのかしら？　早く無事に生まれてくれるといいのに」と待ち遠しくてじれったい気持ちになります。「心もとなし」の状態です。

いざ出産ということになると、子供の方は無事誕生しても、後産《あとざん》がなかなか出てこないと、「大丈夫かしら」と、本人も周りの人間もあせり始める。再び「心もとなし」です。

誕生した子供が何とか恙無《つつがな》く育って五十日目のお祝い、百日目のお祝いをする。すると、それから先の将来がどうなるのかと待ち遠しくてじれったくなる。三度目の「心もとなし」です。

こんなふうに、出産に関係する事柄で、三回も反復させて「心もとなし」を使っています。出産と子供の成長に対して、いかに当時の人々が心を砕いたかがよく分かりますね。これらは、現在でも同じ。自分の思うように事柄が運ばずに、じれったくて、待ち遠しいものが出産です。

行列見物・寺詣《てらもう》で

次に反復されているのは、行列見物や寺詣でなどの時に感じさせられる「心もとなし」。清少納言のみならず、当時の人々は、行列見物や寺詣でに出かけるのが大好き。唯一の娯楽といってもよいものだからです。

とりわけ、清少納言のように好奇心旺盛な女性にとっては、行列見物に命をかけるぐらいの勢い。ですから、見物に出かけるのが遅くなってしまい、行列がやってきたと知るやいなや、牛車《ぎっしゃ》を桟敷《さじき》に寄せる間ももどかしく、「車を降りて歩いて行きそうな気持ちになっちゃう」と書いています。もどかしくてじれったい気持ちをイヤというほど味わわされています。

また、車を家族が利用していて、なかなか戻ってこず、じりじりしながら車を待っています。ついに、行列の始まりに間に合わなかった時の彼女の落胆振りはタイヘンなものです。

寺詣でなどに誘った友達がなかなか車に乗らずに長く待たせる時も、彼女はじれったがってあせっています。そんな友達は「置いていっちゃいたい気持ち」と記しています。

思うようにスムーズに事が運ばないことは多いものですが、交通手段は「心もとなし」を感じさせる最たるもの。今日では、乗り物が牛車ではなく、自動車ですが、清少納言の感じたじりじり感は、今も共通です。

裁縫

昔は、すべて仕立物は手縫い。急ぎの仕立物なのに、なかなか縫い上がってこない。居ても立ってもいられないほど、「心もとなし」の状態になってしまいます。また、自分たちが急ぎの縫い物をしている時、薄暗くなってもまだ縫い続ける。小さな針穴に糸を通すのが結構手間取る。そばの人に助けてもらおうと、「ここよ」と言って針穴を教えて、糸を通してもらおうとするけれど、なかなか思うように通してくれない。「もういいわ。自分でやるから」と断って一人でやろうとするのに、相手は何時までも粘っていて針を返してくれない。ひったくってしまいたいほど清少納言は「心もとなし」になっています。

今でこそ、既製品の洋服を試着して購入することが多いので、こうしたあせった気持ちを感じさせられることは少なくなってきましたが、たまに針穴に糸を通す作業をしなくてはならなくなった時のじれったさは十分理解できます。

返歌

人から贈られた歌の返しがなかなかできない時も、自分で自分を「心もとながって」じれています。早く返歌をしなくっちゃと思えば思うほど、あせってしくじってしまう。清少納言は、歌人清原元輔《きよはらのもとすけ》の娘であったがゆえに、歌を詠むことに相当のプレッシャーを感じています。「五月《さつき》の御精進《みそうじ》のほど」(九五段)では、ホトトギスの歌を詠もうと出かけた見物なのに、結局一首も詠まずに戻ってきて中宮定子に呆れられています。既にある歌の部分を変えるだけの即興的な応答なら得意なのですが、一首を丸ごと歌い上げることは彼女にはかなりのプレッシャー。人には散文の得意なタイプと韻文の得意なタイプがいますが、彼女は散文のほうが得意だったと思えます。だから、『枕草子』のような散文が残せたのです。

現代人と共通する心の動き

以上、「心もとなきもの」として、反復されたり、多くの筆を費やしたりしたものを観察してきました。現在とずいぶん共通しています。違っているのは、返歌だけ。今日では、短歌のやり取りなどありませんから、早く返歌ができなくてあせったりすることはありません。

でも、現在は、よろず忙しく時間を競う時代ですから、「心もとなし」と感じさせられる場面に遭遇するのは、平安時代よりもおそらく頻度が高い。急いでいるのに、なかなか立ち上がらないパソコン、急用があるのに所在の不明な同僚、朝の通勤電車が事故で大幅に遅れた時、時間までに着かなくてはとタクシーに飛び乗ったのに、渋滞で少しも前に進まない時、時間がないので一番早くできるカレーを頼んだのに、ちっとも運ばれてこない時。あげれば切りがないほど、私たち現代人は、気がかりでじりじりする「心もとなし」を感じさせられています。そんなじれったさを一千年も昔の清少納言が述べ立てているのは、彼女がはなはだせっかちで現代人の感覚に近いということです。だから、私たちは彼女に共感できるのです。

5 ドキッとしちゃう

一四四段 二七段

胸つぶるるもの（一四四段）

胸《むね》つぶるるもの 競馬《くらべむま》見《み》る。元結《もとゆい》よる。親《おや》などの心地《ここち》あしとて、例《れい》ならぬけしきなる。まして、世《よ》の中《なか》などさわがしと聞《きこ》ゆるころは、よろづの事《こと》おぼえず。また、物言《ものい》はぬちご

どうなるのか不安

胸がどきどきして破裂しそうになるもの。競馬《くらべうま》を見る時。束ねた髪の根元をしばる紙こよりを縒《よ》る時。親などが「気分が悪い」と言って、いつもと違った様子をしている時。まして、流行病などで世間が騒いでいる時は、心配で他の事は何も考えられない。また、口のきけない乳

の泣《な》き入《い》りて、乳《ち》も飲《の》まず、乳母《めのと》の抱《いだ》くにもやまで久《ひさ》しき。

例《れい》の所《ところ》ならぬ所《ところ》にて、ことにまだいちしるからぬ人《ひと》の声聞《こえき》きつけたるはことわり、こと人《ひと》などのその上《うえ》など言《い》ふにも、まづこそつぶるれ。いみじうにくき人《ひと》の来《き》たるにも、またつぶる。あやしくつぶれがちなるものは胸《むね》こそあれ。昨夜《よべ》来《き》はじめたる人《ひと》の、今朝《けさ》の文《ふみ》のおそきは、人《ひと》のた

飲み子がただ泣くばかりで、乳も飲まず、乳母《うば》が抱いても泣きやまないで、長い間泣き続けている時。

思いがけない場所で、まだ表沙汰になっていない恋人の声を耳にした時、ドキッとするのは当然のこと。他人などがその恋人の噂《うわさ》なんかをしているのを聞いた時も、何はさておき、ドキッとする。ひどくイヤな人が来た時も、またどきりとする。奇妙に何かというとどきどきするのが胸なのね。

昨夜初めて通いだした男性で、後朝《きぬぎぬ》の手紙の遅いのは、他人事でさえはらはらするわ。

めにさへつぶる。

見どころ

どきどきはらはらするものが清少納言の実体験を通して描かれているところが見どころ。「胸つぶる」は、驚き・悲しみ・心配事など、どちらかというと不安な心持ちになる場合です。次節に上げる「心ときめく」は、どちらかというと、期待などでどきどきわくわくする気持ちを指し、両者は対照的です。

胸がつぶれやすい人

清少納言はちょっとしたことで、不安に陥りやすいタイプの女性。左右に組分けして、二頭ずつの馬が競っていく競馬《くらべうま》でも、彼女は自分の応援する組が負けやしないかと手に汗を握って緊張して見ている。

髪を束ねてその根元をむすぶのに使う紙こよりを作る時も、途中で切れはしないかと、ひやひやどきどきしながら縒《よ》っています。

まして、親が病気になったり、乳飲み子が泣きやまなかったりすると、彼女は最悪の事態を予想して不安におののくのです。

さらに、恋の初期段階にある時の人間心理の不安感も鋭く指摘しています。恋人の声をふっと耳にした時の妖しい胸の高鳴り。また、恋人の噂話《うわさばなし》を耳にした時の胸のざわめき。清少納言はおそらくこういう時に顔まで赤くしていたでしょう。初々しい乙女のような心を持った彼女に、現代の若者も、「そうなのよ、分かるわ」と何回もうなずき、納得の声を上げ、共鳴します。そして、清少納言は「あやしくつぶれがちなるものは胸こそあれ（＝奇妙に何かというとどきどきするのが胸なのね）」と、至言を発します。

これで終わってもよかったのですが、清少納言は追加します。昨夜、初めて通ってきた男の手紙が、翌朝なかなか来ないのは自分のことでなくても気がかりではらはらするわね、と。当時は、男が三晩連続して通ってきた時に、初めて確実な夫婦仲になります。なのに、一晩通ってきたばかりで、翌朝早くに届けられるはずの手紙も届かない。一夜限りで捨てられてしまった可能性がある。他人のことなのに、彼女は心配で胸を痛めています。おそらく、自分自身も味わったことのある不安感なのです。ああ、女ってつらいわねと読者の共感をさらに引き出しています。

では、逆にちょっと期待感が入るためにどきどきする「心ときめく」時ってどんな時でしょうか？　次の章段をお読みください。

心ときめきするもの（二七段）

心《こころ》ときめきするもの　雀《すずめ》の子《こ》飼《がい》。ちご遊《あそ》ばする所《ところ》の前《まえ》わたる。よき薫《たき》物《もの》たきて一人臥《ひとりふ》したる。唐鏡《からかがみ》のすこし暗《くら》き、見《み》たる。よき男《おとこ》の、車《くるま》とどめて、案内《あない》し問《と》はせたる。頭洗《かしらあら》ひ化《け》

胸が高鳴る

　胸がどきどきわくわくするもの。スズメの子を飼っている時。乳飲み子を遊ばせているところの前を牛車《ぎっしゃ》で通る時。上等の香を薫《た》いて一人横になっている時。舶来の貴重な鏡が少し曇っているのに気がついた時。貴公子が牛車を止めて、お

粧《そう》じて、香《こう》ばしうしみたる衣《きぬ》など着《き》たる。ことに見《み》る人《ひと》なき所《ところ》にても、心《こころ》のうちは、なほいとをかし。待《ま》つ人《ひと》などのある夜《よ》、雨《あめ》の音《おと》、風《かぜ》の吹《ふ》きゆるがすも、ふとおどろかる。

供に取次ぎをさせ、何かを尋ねさせている時。髪を洗い、化粧をして、香を薫き染《し》めた着物などを着た時。別に見てくれる人がいなくても、自分の心の中はとてもいい気持ち。恋人の訪れを待っているような夜、雨の音や風が吹いて戸をがたがたさせる音にも、あの人が来たのかとドキッと胸が高鳴る。

見どころ

期待などで「心ときめく」時を、視覚・嗅覚・聴覚のすべての感覚を働かせてとらえているところが見どころ。でも、つねに胸の高鳴る期待感ではなく、まれに不安感ではらはらする時も列挙されています。たとえば、「乳飲み子を遊ばせているところの前を牛車《ぎつしや》で通る時」。子供が牛車の方に寄ってきて怪我をしないかと思って不安なのです。

また、舶来の鏡が少し曇っているのに気がついた時も、曇りが広がりはしないかと不安になるのです。いずれも、不安感なのに、「心ときめく」という語でくっています。ということは、「心ときめく」と「胸つぶる」とは、截然《せつぜん》と意味が区別されているわけではないことが分かります。

ただし、舶来の鏡の曇りに関しては、思う人が現れるなどのステキなことの起こる予兆だから「心ときめく」のだという説、曇っていると自分が美女になったように見えるから「心ときめく」のだという説があります。その場合は、ますます「心ときめく」は、期待感でどきどきわくわくする意味合いが強い語ということになります。ま、小異はありますが、大きく見れば、「胸つぶる」は不安感、「心ときめく」は期待感に基づく心持ちと考えていいでしょう。

スズメの子飼い

スズメの子を卵から孵《かえ》して飼うのは、当時の子供たちの楽しみ。胸をときめかして大きくなっていく姿を見つめるのです。『源氏物語』の「若紫」の巻では、紫の君が召し使っている犬君《いぬき》のことをおばあさんにこう言って訴えています。「雀の子を犬君が逃がしつる。伏籠《ふせご》の中《うち》に籠《こ》めたりつるものを（＝雀の子を犬君が逃がしちゃったの。伏籠の中にちゃんと入れておいたのに）」。紫の君が大事に育てていたスズメの子を召し使いの女の子が逃がしてしまったのです。スズメの子を育てるのは、女の子などの大きな楽しみであったんですね。

また、いいとこの坊ちゃんが牛車を止めて、お供に何かを尋ねさせている時。「誰の所に行くの？」と、興味津々で胸が高鳴っちゃうんですね。

以上は、視覚によってとらえられた「心ときめき」の時です。

一人の楽しみ

恋人が来るわけではないのに、部屋にいい香をただよわせて、一人横になった時の「心ときめき」。誰が見てくれるというわけでもないのに、洗髪し、綺麗に化粧をし、かぐわしい香をつけた衣装を着ている時の「心ときめき」。これらは、女ならよく分かる贅沢《ぜいたく》なひととき。それは、過去の恋人との思い出に浸ったり、現在の恋人に思いを馳せたり、未来の恋人を予測してみたりと、甘美な追憶や空想の世界にいられる贅沢な時間なのです。嗅覚を主にした「心ときめき」の時。

同じく一人の時間ではあっても、恋人を待っている時の「心ときめき」は、音によってもたらされます。雨の音がすると、「あらあの人？」と思い、風が吹いて戸をがたつかせると、「来たのかしら？」と戸口まで行きそうになる。聴覚による「心ときめき」の時です。「君待つと　我《あ》が恋ひ居《を》れば　我《わ》がやどの　簾《すだれ》動かし　秋の風吹く（＝あの方のおいでを待って私が恋い慕っていると、折しも私の家の簾をさやさやと動かして秋の風が吹く）」（『万葉集』巻四）の歌も、秋風にそよぐ簾の音が胸をはずませる原因と思わせます。恋人の訪れを待つ「心ときめく」時間は、聴覚によってもたらされることが多いのです。

一言まとめ――感じる心――

「Ⅲ　感じる心」で採り上げた章段から、清少納言の人柄を思い描いてまとめにします。

要点把握のうまい人

清少納言は、要点をつかむのが得意。四季折々の中で感動的なものを迷うことなく的確につかみ出してくる。「夏なら、夜よ！」というぐあいに。私たちも同じことをしてみようとすると、花火もいいし、海水浴もいいし、縁日もいいし、祭りもいいし、となって、結局ポイントがなくなってしまったりします。

でも、彼女は、迷わずに、的確に感動的な光景を抜き出します。勘所を押さえるのがすごくうまいのです。

違った観点からとらえられる人

しかも、選び出された事柄が、われわれの意表をつきます。斬新なんです。たとえば、春の中で最も感動的な場面を一つあげてくださいと、人に言われたとします。あなたは、何をあげますか？　多くの人は、すぐに桜をあげる。私もむろん、桜と答える。とりわけ、桜吹雪の美しさは、何物にも代えがたい感動を与えてくれます。でも、清少納言は、春は、「あけぼの」が一番だと言っています。咲き乱れる桜の絢爛《けんらん》豪華な美しさ、雪のように舞って散る桜の美しさは言い古されていて、当たり前なのです。秋の風物も同じ。私たちは、すぐに赤や黄色に色づく紅葉の美しさをあげます。紅葉した山々は、この世のものとも思えないほど、鮮やかで美しい。でも、清少納言は、そういう皆が気づくものは当然だから、もはや採り上げません。「秋は、夕暮れ！」なんです。皆の気づかない事柄で「なるほど」と思われる事物をあげる。そういう才能があるんですね。だから、彼女の文章が生きている。

絵画的な把握をする人

また、無邪気な幼児や少年・少女には、女性らしい暖かいまなざしを注いでいます。けれども、そのまなざしは、絵画的な美しさを伴った時にのみ放たれます。「まあ、なんてかわいいのかしら」と感動できる瞬間を、シャッターチャンスをねらう写真家のようにとらえ、シャッターを切ります。あるいは、絵師が美しいと感じた瞬間を絵に描くように、清少納言は視覚的な一瞬の美を文章でとらえ固定します。

だから、彼女の描く場面は、どれも鮮烈なイメージを持っています。絵画的な手法を文章に持ち込んだ作家と言ってもよいと思います。

社交上手な人

人と違った見方をするのが得意だと言うと、ひどく一般常識が不足している変人のように思えます。でも、彼女は、紫式部なんか足元にも及ばないほど、社交上手です。コミュニケーション能力がきわめて高い。この場面には、こう対応すべきだ、という勘が働く。だから、あれほど当意即妙な返答もできたのです。また、相手の心を読むのもうまいし早い。だからこそ、中宮定子《ていし》の寵愛《ちょうあい》を独り占めにできたのです。

好奇心旺盛な人

ともかく野次馬根性旺盛な人。それは、行列見物が大好きなことからも窺《うかが》えます。また、破り捨ててあった他人の手紙を時間をかけてつぎはぎをして読んでしまうほどです。

知的好奇心は、言うまでもなく溢れています。自分の知らなかった古い詩歌を人から聞いた時、何かの拍子にその原文を本で見つけ出した時、そういう時の喜びようは大変なもの。

せっかちな人

とかく頭の回転の速い人は、のろのろしたり、滞っているものが嫌いです。仕立物をたのんだら、すぐに出来上がってこないとじりじりするし、手紙を開けるのもスムーズでないとじれます。見物に行ってもその場所に到着するのが遅くて、行列を見損なってしまいそうになると、車から降りて歩いて行きたくなってしまうほどの、じれったがり屋です。何でも、予定通りにすらすらといかないと、いらいらじりじりする人です。

意外に照れ屋

こと、恋愛になると、清少納言は乙女のように、どきどきわくわくはらはらしてしまう。思いがけないところで恋人の声を聞いただけでドキッ。あるいは、風で戸がガタッとしても、あの人かとドキンと心臓が鼓動を打つ。彼女が『枕草子』を執筆した時は、立派な中年なのですが、心はいつまでも乙女。

こんな清少納言の人柄を知ると、多くの現代の女性たちは「あら、私みたい」と思うのです。それが、清少納言人気の秘密です。

エピローグ

『枕草子』は、どのようにして生まれ、一般に知られるようになったのか？　清少納言って、どんな家に生まれ育ったのか？　彼女は結婚していたのか？　子供はいたのか？　これらの問題は、私たちの興味を引きます。それについての情報をいささか記して、この本の結びにします。

定子から冊子をいただいたので

清少納言が中宮定子《ていし》のもとに出仕したのは、正暦四年（九九三年）頃です。三十歳近く（今だと四十歳くらいですね）の落ち着いた年齢で初出仕です。宮仕えを終えたのは、それから七年後。長保二年（一〇〇〇年）、定子が二十四歳の若さで亡くなったからです。『枕草子』は、定子に仕えた七年間に経験したことや感じたことを綴ったものです。

清少納言は、『枕草子』を自分から率先して書いたわけではありません。定子の要請にこたえるためだったようです。宮仕えに出て程なく、清少納言は定子から白紙を綴じた冊子をもらっています。定子の後宮の記録をするようにという意味合いが込められていたらしいんですね。

清少納言は、実家に下がっている時に、その冊子に文章を書き溜《た》めた。冊子は隠しておいたけれど、源経房《みなもとのつねふさ》が訪れた時に偶然目に留まってしまい、経房は、それを持って帰った。なかなかそれを返却しなかったけれど、それが一般に読まれるきっかけとなった。これらのことが、『枕草子』の跋文《ばつぶん》に記されています。

悲運は書かない

こんなふうにして『枕草子』は、生まれた。でも、定子の後宮の様子を事実そのままに書いているわけではない。本文にも記しましたけれど、定子が上昇気運だったのは、清少納言が出仕してから、せいぜい一年余。長徳元年（九九五年）には、定子の父道隆《みちたか》が亡くなり、翌年には、兄伊周《これちか》が流罪の憂き目に。定子は、孤立無援の状態で凋落《ちょうらく》の日々を送っていたのです。むろん、清少納言も、定子とともに惨めな状態を味わっていました。

にもかかわらず、『枕草子』には、それらの辛い思いを一切記さなかった。あくまで明るく輝き意気軒昂《けんこう》とした後宮の様子を描き切っています。ここに『枕草子』の虚構があります。暗く切ない涙をひたかくしにして、『枕草子』は明朗に、屈託のない筆致で書かれている！　この事実は、『枕草子』を読む時に、ぜひとも知っておいてほしいことです。

父親も曾祖父も有名な歌人

清少納言の父親は、清原元輔《きよはらのもとすけ》。『後撰和歌集』の選者の一人で、有名な歌人。でも、官位には恵まれず、肥後守《ひごのかみ》どまりです。『今昔物語集』巻二八第六話には、元輔が、巧みな物言いで人を笑わせるユニークな人物として登場しています。当時の有名人の一人と言ってもいいでしょうね。清少納言は、父の洒脱《しゃだつ》な物言いの遺伝子を継承していたのです。

清少納言の曾祖父は、清原深養父《きよはらのふかやぶ》。これまた歌人として名を馳せた人。『古今和歌集』をはじめとする勅撰集に多くの歌を残しています。そんなわけで、清少納言は、歌人として活躍することを期待された環境に生まれ育ってしまった。それは、本文でも触れましたが、清少納言には相当なプレッシャーでした。

結婚は二回、子供は二人

そのせいか、清少納言の結婚相手は、文学とはおおよそ無縁な検非違使《けびいし》（＝警察官）。橘則光《たちばなののりみつ》といって、武人としては、それなりに名を知られた人です。『今昔物語集』巻二三第一五話には、則光が深夜盗賊団に襲われて、勇戦。にもかかわらず、その手柄を人に譲るという、颯爽《さっそう》たる英姿が披露されています。でも、和歌と聞くと逃げ出すほどの文学嫌い。

彼との結婚は、清少納言十六歳の時。翌年、則長という男の子を生んでいます。二人の結婚生活は数年。もともと価値観が違いすぎますからね。清少納言は、さらに、もう一人の男性、藤原棟世《ふじわらのむねよ》と結婚しています。棟世は、清少納言よりもかなり年上の官僚。彼との間にも女の子をもうけています。小馬命婦《こまのみょうぶ》とよばれた女性です。

そのほか、清少納言と特別に親しかった男性は、三人ほど知られています。藤原斉信《ただのぶ》と藤原行成《ゆきなり》と藤原実方《さねかた》。最初の二人はこの本で採り上げた章段にも登場していましたね。実方は、歌人として有名。風雅にしてかつ奔放な面があり、そこが清少納言と相通じたのでしょう。清少納言の実像は、ざっとこんな具合です。

『枕草子』は、こうした背景を持った女性から生み出された日本初の随筆集です。魅力を感じていただけたでしょうか？

なお、この本の編集を担当してくださったのは、岸田靖子さん。岸田さんとは拙著『すらすら読める今昔物語集』（講談社）以来の関係です。今回もお世話になりました。では、皆さん、最後まで私とお付き合いくださって本当にありがとうございます。

二〇〇八年五月二十五日

山口仲美

本書は二〇〇八年六月に小社より刊行されました。

|著者| 山口仲美　1943年静岡県生まれ。お茶の水女子大学卒業。東京大学大学院修士課程修了。文学博士。日本語学者。埼玉大学名誉教授、文化功労者。日本古典文学会賞、金田一京助博士記念賞、日本エッセイスト・クラブ賞、日本学賞などを受賞。『ちんちん千鳥のなく声は』『犬は「びよ」と鳴いていた』『すらすら読める今昔物語集』『若者言葉に耳をすませば』『日本語の歴史』『日本語の古典』『NHK「100分de名著」ブックス　清少納言　枕草子』『擬音語・擬態語辞典』『山口仲美著作集(全8巻)』など、日本語と日本古典文学に関する多くの著書がある。

すらすら読《よ》める枕草子《まくらのそうし》

山口仲美《やまぐちなかみ》

講談社文庫
定価はカバーに
表示してあります

2023年3月15日第1刷発行

KODANSHA

発行者――鈴木章一
発行所――株式会社　講談社
東京都文京区音羽2-12-21　〒112-8001
電話 出版 (03) 5395-3510
販売 (03) 5395-5817
業務 (03) 5395-3615

デザイン―菊地信義
本文データ制作―講談社デジタル製作
印刷―――株式会社KPSプロダクツ
製本―――株式会社国宝社

Printed in Japan

ISBN978-4-06-530468-6

講談社文庫刊行の辞

二十一世紀の到来を目睫に望みながら、われわれはいま、人類史上かつて例を見ない巨大な転換期をむかえようとしている。

世界も、日本も、激動の予兆に対する期待とおののきを内に蔵して、未知の時代に歩み入ろうとしている。このときにあたり、創業の人野間清治の「ナショナル・エデュケイター」への志を現代に甦らせようと意図して、われわれはここに古今の文芸作品はいうまでもなく、ひろく人文・社会・自然の諸科学から東西の名著を網羅する、新しい綜合文庫の発刊を決意した。

激動の転換期はまた断絶の時代である。われわれは戦後二十五年間の出版文化のありかたへの深い反省をこめて、この断絶の時代にあえて人間的な持続を求めようとする。いたずらに浮薄な商業主義のあだ花を追い求めることなく、長期にわたって良書に生命をあたえようとつとめるところにしか、今後の出版文化の真の繁栄はあり得ないと信じるからである。

同時にわれわれはこの綜合文庫の刊行を通じて、人文・社会・自然の諸科学が、結局人間の学にほかならないことを立証しようと願っている。かつて知識とは、「汝自身を知る」ことにつきていた。現代社会の瑣末な情報の氾濫のなかから、力強い知識の源泉を掘り起し、技術文明のただなかに、生きた人間の姿を復活させること。それこそわれわれの切なる希求である。

われわれは権威に盲従せず、俗流に媚びることなく、渾然一体となって日本の「草の根」をかたちづくる若く新しい世代の人々に、心をこめてこの新しい綜合文庫をおくり届けたい。それは知識の泉であるとともに感受性のふるさとであり、もっとも有機的に組織され、社会に開かれた万人のための大学をめざしている。大方の支援と協力を衷心より切望してやまない。

一九七一年七月

野間省一

講談社文庫 目録

芥川龍之介 藪の中
有吉佐和子 新装版 和宮様御留
阿刀田 高 ナポレオン狂
阿刀田 高 新装版 ブラック・ジョーク大全
安房直子 春の窓〈安房直子ファンタジー〉
相沢忠洋 「岩宿」の発見〈幻の旧石器を求めて〉
赤川次郎 偶像崇拝殺人事件
赤川次郎 人間消失殺人事件
赤川次郎 三姉妹探偵団
赤川次郎 三姉妹探偵団2〈キャンパス篇〉
赤川次郎 三姉妹探偵団3〈珠美・初恋篇〉
赤川次郎 三姉妹探偵団4〈怪奇篇〉
赤川次郎 三姉妹探偵団5〈復讐篇〉
赤川次郎 三姉妹探偵団6〈危機一髪篇〉
赤川次郎 三姉妹探偵団7〈駈け落ち篇〉
赤川次郎 三姉妹探偵団8〈人質篇〉
赤川次郎 三姉妹探偵団9〈青ひげ篇〉
赤川次郎 三姉妹探偵団10〈父恋し篇〉
赤川次郎 死が小径をやってくる〈三姉妹探偵団11〉

赤川次郎 死神のお気に入り〈三姉妹探偵団12〉
赤川次郎 次女と野獣〈三姉妹探偵団13〉
赤川次郎 心地よい悪夢〈三姉妹探偵団14〉
赤川次郎 ふるえて眠れ、三姉妹〈三姉妹探偵団15〉
赤川次郎 三姉妹、呪いの道行〈三姉妹探偵団16〉
赤川次郎 三姉妹、初めてのおつかい〈三姉妹探偵団17〉
赤川次郎 恋の花咲く三姉妹〈三姉妹探偵団18〉
赤川次郎 月もおぼろに三姉妹〈三姉妹探偵団19〉
赤川次郎 三姉妹、ふしぎな旅日記〈三姉妹探偵団20〉
赤川次郎 三姉妹、清く貧しく美しく〈三姉妹探偵団21〉
赤川次郎 三姉妹と忘れじの面影〈三姉妹探偵団22〉
赤川次郎 三姉妹、舞踏会への招待〈三姉妹探偵団23〉
赤川次郎 三人姉妹殺人事件〈三姉妹探偵団24〉
赤川次郎 三姉妹、さびしい入江の歌〈三姉妹探偵団25〉
赤川次郎 三姉妹、恋と罪の峡谷〈三姉妹探偵団26〉
赤川次郎 静かな町の夕暮に
赤川次郎 キネマの天使〈レンズの奥の殺人者〉
新井素子 グリーン・レクイエム〈新装版〉
安能務 訳 封神演義 全三冊

安西水丸 東京美女散歩
綾辻行人 殺人方程式〈切断された死体の問題〉
綾辻行人 鳴風荘事件 殺人方程式II
綾辻行人 十角館の殺人〈新装改訂版〉
綾辻行人 水車館の殺人〈新装改訂版〉
綾辻行人 迷路館の殺人〈新装改訂版〉
綾辻行人 人形館の殺人〈新装改訂版〉
綾辻行人 時計館の殺人〈新装改訂版〉
綾辻行人 黒猫館の殺人〈新装改訂版〉
綾辻行人 暗黒館の殺人 全四冊
綾辻行人 びっくり館の殺人
綾辻行人 奇面館の殺人(上)(下)
綾辻行人 どんどん橋、落ちた〈新装改訂版〉
綾辻行人 緋色の囁き〈新装改訂版〉
綾辻行人 暗闇の囁き〈新装改訂版〉
綾辻行人 黄昏の囁き〈新装改訂版〉
綾辻行人 人間じゃない〈完全版〉
綾辻行人ほか 7人の名探偵
我孫子武丸 探偵映画

講談社文庫　目録

いわさきちひろ 絵本美術館編 ちひろ・子どもの情景〈文庫ギャラリー〉
いわさきちひろ 絵本美術館編 ちひろ・紫のメッセージ〈文庫ギャラリー〉
いわさきちひろ 絵本美術館編 ちひろの花ことば〈文庫ギャラリー〉
いわさきちひろ 絵本美術館編 ちひろのアンデルセン〈文庫ギャラリー〉
いわさきちひろ 絵本美術館編 ちひろ・平和への願い〈文庫ギャラリー〉
石野径一郎 新装版 ひめゆりの塔
今西錦司 生物の世界
井沢元彦 義経幻殺録
井沢元彦 光と影の武蔵〈切支丹秘録〉
井沢元彦 新装版 猿丸幻視行
伊集院 静 乳房
伊集院 静 遠い昨日
伊集院 静 夢は枯野を〈競輪躁鬱旅行〉
伊集院 静 野球で学んだこと ヒデキ君に教わったこと
伊集院 静 峠の声
伊集院 静 白秋
伊集院 静 潮流
伊集院 静 冬の蜻蛉《とんぼ》
伊集院 静 オルゴール
伊集院 静 昨日スケッチ
伊集院 静 あづま橋
伊集院 静 ぼくのボールが君に届けば
伊集院 静 駅までの道をおしえて
伊集院 静 受け月
伊集院 静 坂の上のμ〈野球小説アンソロジー〉
伊集院 静 ねむりねこ
伊集院 静 新装版 三年坂
伊集院 静 お父やんとオジさん (上)(下)
伊集院 静 ノボさん〈小説 正岡子規と夏目漱石〉(上)(下)
伊集院 静 機関車先生〈新装版〉
いとうせいこう 我々の恋愛
いとうせいこう 「国境なき医師団」を見に行く
井上夢人 ダレカガナカニイル…
井上夢人 プラスティック
井上夢人 オルファクトグラム (上)(下)
井上夢人 もつれっぱなし
井上夢人 あわせ鏡に飛び込んで
井上夢人 魔法使いの弟子たち (上)(下)
井上夢人 ラバー・ソウル
池井戸 潤 果つる底なき
池井戸 潤 架空通貨
池井戸 潤 銀行狐
池井戸 潤 仇敵
池井戸 潤 BT'63 (上)(下)
池井戸 潤 空飛ぶタイヤ (上)(下)
池井戸 潤 鉄の骨
池井戸 潤 新装版 銀行総務特命
池井戸 潤 新装版 不祥事
池井戸 潤 ルーズヴェルト・ゲーム
池井戸 潤 半沢直樹1〈オレたちバブル入行組〉
池井戸 潤 半沢直樹2〈オレたち花のバブル組〉
池井戸 潤 半沢直樹3〈ロスジェネの逆襲〉
池井戸 潤 半沢直樹4〈銀翼のイカロス〉
池井戸 潤 花咲舞が黙ってない〈新装増補版〉
池井戸 潤 ノーサイド・ゲーム
石田衣良 LAST［ラスト］
石田衣良 東京DOLL

石田衣良　てのひらの迷路
石田衣良　40《フォーティ》　翼ふたたび
石田衣良　s　e　x
石田衣良　逆《さか》島《しま》断《たつ》雄《お》〈進駐官養成高校の決闘編1〉
石田衣良　逆島断雄〈進駐官養成高校の決闘編2〉
石田衣良　逆島断雄〈本土最終防衛決戦編1〉
石田衣良　逆島断雄〈本土最終防衛決戦編2〉
石田衣良　初めて彼を買った日
井上荒野　ひどい感じ―父・井上光晴
稲葉稔　椋鳥の影〈八丁堀手控え帖〉
伊坂幸太郎　チルドレン
伊坂幸太郎　魔王
伊坂幸太郎　モダンタイムス(上)(下)
伊坂幸太郎　P　K
伊坂幸太郎　サブマリン
絲山秋子　袋小路の男
石黒耀　死都日本
石黒耀　忠臣蔵異聞〈家老　大野九郎兵衛の長い仇討ち〉
犬飼六岐　筋違い半介

犬飼六岐　吉岡清三郎貸腕帳
石川大我　ボクの彼氏はどこにいる？
石松宏章　マジでガチなボランティア
伊東潤　国を蹴った男
伊東潤　峠越え
伊東潤　黎明に起《た》つ
伊東潤　池田屋乱刃
石飛幸三　「平穏死」のすすめ〈口から食べられなくなったらどうしますか〉
伊藤理佐　女のはしより道
伊藤理佐　また！　女のはしょり道
伊藤理佐　みたび！　女のはしょり道
石黒正数　外《げ》天《てん》楼《ろう》
伊与原新　ルカの方《はこ》舟《ぶね》
伊与原新　コンタミ　科学汚染
稲葉圭《よし》昭《あき》　恥さらし〈北海道警　悪徳刑事の告白〉
稲葉博《ひろ》一《いち》　忍者烈伝
稲葉博一　忍者烈伝ノ続
稲葉博一　忍者烈伝ノ乱〈天之巻〉〈地之巻〉
伊岡瞬　桜の花が散る前に

石川智健　エウレカの確率〈経済学捜査と殺人の効用〉
石川智健　60《ロクジュウ》〈誤判対策室〉
石川智健　20《ニジュウ》〈誤判対策室〉
石川智健　第三者隠蔽機関
石川智健　いたずらにモテる刑事の捜査報告書
井上真《ま》偽《ぎ》　その可能性はすでに考えた
井上真偽　聖女の毒杯〈その可能性はすでに考えた〉
井上真偽　恋と禁忌の述語論理《プレディケット》
泉ゆたか　お師匠さま、整いました！
泉ゆたか　お江戸けもの医　毛玉堂
泉ゆたか　玉《たま》の輿《こし》猫〈お江戸けもの医　毛玉堂〉
伊兼源太郎　地検のS
伊兼源太郎　Sが泣いた日〈地検のS〉
伊兼源太郎　Sの幕引き〈地検のS〉
伊兼源太郎　巨悪
伊兼源太郎　金庫番の娘
逸木裕　電気じかけのクジラは歌う
今村翔吾　イクサガミ　天
入月英一　信長と征《ゆ》く　1・2〈転生商人の天下取り〉

講談社文庫 目録

宇江佐真理 あやめ横丁の人々
宇江佐真理 卵のふわふわ 八丁堀喰い物草紙・江戸前でもなし
宇江佐真理 日本橋本石町やさぐれ長屋
浦賀和宏 眠りの牢獄
上野哲也 五五五文字の巡礼〈魏志倭人伝トーク 地理篇〉
魚住 昭 渡邉恒雄 メディアと権力
魚住 昭 野中広務 差別と権力
魚住直子 非・バランス
魚住直子 未・フレンズ
魚住直子 ピンクの神様
上田秀人 密〈奥右筆秘帳〉封
上田秀人 国〈奥右筆秘帳〉禁
上田秀人 侵〈奥右筆秘帳〉蝕
上田秀人 継〈奥右筆秘帳〉承
上田秀人 簒《さん》〈奥右筆秘帳〉奪《だつ》
上田秀人 秘〈奥右筆秘帳〉闘
上田秀人 隠〈奥右筆秘帳〉密
上田秀人 刃〈奥右筆秘帳〉傷
上田秀人 召《めし》〈奥右筆秘帳〉抱《かかえ》

上田秀人 墨《ぼっ》〈奥右筆秘帳〉痕《こん》
上田秀人 天〈奥右筆秘帳〉下
上田秀人 決〈奥右筆秘帳〉戦
上田秀人 前〈奥右筆外伝〉夜
上田秀人 軍師の挑戦〈上田秀人初期作品集〉
上田秀人 天主信長〈表〉〈我こそ天下なり〉
上田秀人 天主信長〈裏〉〈天を望むなかれ〉
上田秀人 波〈百万石の留守居役(一)〉乱
上田秀人 思〈百万石の留守居役(二)〉惑
上田秀人 新〈百万石の留守居役(三)〉参
上田秀人 遺〈百万石の留守居役(四)〉臣
上田秀人 密〈百万石の留守居役(五)〉約
上田秀人 使〈百万石の留守居役(六)〉者
上田秀人 貸〈百万石の留守居役(七)〉借
上田秀人 参〈百万石の留守居役(八)〉勤
上田秀人 因〈百万石の留守居役(九)〉果
上田秀人 忖《そん》〈百万石の留守居役(十)〉度《たく》
上田秀人 騒〈百万石の留守居役(十一)〉動
上田秀人 分〈百万石の留守居役(十二)〉断

上田秀人 舌〈百万石の留守居役(十三)〉戦
上田秀人 愚〈百万石の留守居役(十四)〉劣
上田秀人 布〈百万石の留守居役(十五)〉石
上田秀人 乱〈百万石の留守居役(十六)〉麻
上田秀人 要《よう》〈百万石の留守居役(十七)〉訣《けつ》
上田秀人 梟《ふくろう》の系譜〈宇喜多四代〉
上田秀人 竜は動かず 奥羽越列藩同盟顛末 (上)万里波濤編 (下)帰郷奔走編
上田秀人 戦〈武商繚乱記(一)〉端
内田 樹 下流志向〈学ばない子どもたち 働かない若者たち〉
内田 樹／釈 徹宗 現代霊性論
上橋菜穂子 獣の奏者 Ⅰ闘蛇編
上橋菜穂子 獣の奏者 Ⅱ王獣編
上橋菜穂子 獣の奏者 Ⅲ探求編
上橋菜穂子 獣の奏者 Ⅳ完結編
上橋菜穂子 獣の奏者〈外伝 刹那〉
上橋菜穂子 物語ること、生きること
上橋菜穂子 明日は、いずこの空の下
上野 誠 万葉学者、墓をしまい母を送る
海猫沢めろん 愛についての感じ

2022年12月15日現在